DIE KNICKERBOCKER BANDE

Thomas Brezina

# DAS AMULETT DES SUPERSTARS

Krimiabenteuer Nr. 60

Mit Illustrationen von Jan Birck

Ravensburger Buchverlag

DIE KNICKERBOCKER BANDE

# STECKBRIEFE

HALLO,
ALSO HIER MAL IN KÜRZE
DAS WICHTIGSTE ÜBER UNS:

## POPPI

**NAME:** Paula Monowitsch
**COOL:** Tierschutz
**UNCOOL:** Tierquäler, Angeber
**LIEBLINGSESSEN:**
Pizza (ohne Fleisch,
bin Vegetarierin!!!)
**BESONDERE KENNZEICHEN:**
bin eine echte Tierflüsterin –
bei mir werden sogar Pitbulls
zu braven Lämmchen

## DOMINIK

**NAME:**
Dominik Kascha
**COOL:** Lesen, Schauspielern
(hab schon in einigen Filmen und
Theaterstücken mitgespielt)
**UNCOOL:** Erwachsene, die einen bevormunden
wollen, Besserwisserei (außer natürlich, sie kommt
von mir, hähä!)
**LIEBLINGSESSEN:** Spaghetti
(mit tonnenweise Parmesan!)
**BESONDERE KENNZEICHEN:**
muss immer das letzte Wort haben und kann so
kompliziert reden, dass Axel in seine Kappe beißt!

## AXEL

**NAME:** Axel Klingmeier
**COOL:** Sport, Sport, Sport (Fußball und vor allem Sprint, bin Schulmeister, habe sogar schon drei Pokale gewonnen)
**UNCOOL:** Langweiler, Wichtigtuer
**LIEBLINGSESSEN:** Sushi … war bloß'n Witz (würg), also im Ernst: außer Sushi alles! (grins)
**BESONDERE KENNZEICHEN:** nicht besonders groß, dafür umso gefährlicher (grrrrrr!)

## LILO

**NAME:** Lieselotte Schroll (nennt mich wer Lolli, werde ich wild)
**COOL:** Ski fahren, Krimis
**UNCOOL:** Weicheier, Heulsusen
**LIEBLINGSESSEN:** alles, was scharf ist, thailändisch besonders
**BESONDERE KENNZEICHEN:** blond, aber unheimlich schlau (erzähl einen Blondinenwitz und du bist tot …)

Bibliografische Information Der Deutschen Bibliothek

Die Deutsche Bibliothek verzeichnet diese Publikation
in der Deutschen Nationalbibliografie;
detaillierte bibliografische Daten sind im Internet über
*http://dnb.ddb.de* abrufbar.

1 2 3 4 5 11 10 09 08 07


Umschlagillustration: Jan Birck
Printed in Germany
ISBN 978-3-473-47124-9

www.ravensburger.de
www.thomasbrezina.com
www.knickerbocker-bande.com

# INHALT

# DAS OBERSCHLITZOHR

Sein richtiger Name war Siegwald, aber so nannte ihn keiner seiner Freunde. Eigentlich hatte er keine echten Freunde, sondern „Spezis“, wie er sie bezeichnete. Seine Spezis riefen ihn Waldi, was Siegwald nicht mochte. Wer will denn schon gerne wie ein Dackel heißen?

Sein zweiter Spitzname, den er nicht ohne Grund hatte, gefiel Siegwald viel besser. Er klang fast schon wie ein Kompliment.

Das Oberschlitzohr hatte sich in seinem Leben in mindestens fünfzig verschiedenen Berufen versucht. Vom Bademeister bis zum Kofferträger, vom Küchengehilfen bis zum Putzmann, es gab kaum eine Tätigkeit, die Waldi nicht ausgeübt hatte. Zwei Dinge störten ihn allerdings an jeder Arbeit: Erstens war ihm alles zu anstrengend und zweitens brachte es viel zu wenig Geld ein.

Aus diesem Grund hatte Siegwald auch noch einige Nebenjobs, schließlich wollte er immer ein dickes Bündel Banknoten in seiner hinteren Hosentasche mit sich herumtragen. Ganz ehrlich waren diese Nebentätigkeiten allerdings nicht. Siegwald war ein gerissener Ganove, deshalb auch der Name Schlitzohr.

Es war dieser Waldi, der die Knickerbocker-Bande in einen unglaublichen und höchst gefährlichen Fall stürzte. Natürlich hatte er das nicht gewollt, und als er hinter den großen Mülltonnen wartete, ahnte er nicht, was auf ihn und die Mitglieder der Bande zukommen sollte.

Die Mülltonnen befanden sich am äußersten Ende des Parkplatzes vor der großen Veranstaltungshalle der Stadt. Von meterhohen Plakatwänden prangte das verschmitzte Gesicht von Rocky Oliver, dem Senkrechtstarter aller Hitparaden und neuen Superstar. Frech standen seine kurzen Haare nach allen Seiten, blau strahlten seine Augen und den Mund hatte er zu einem leicht spöttischen Lächeln geöffnet.

Poppi und Lilo kannten alle Hits von Rocky Oliver auswendig, besaßen sämtliche CDs von ihm und sangen seine Songs bei jeder Gelegenheit. Axel und Dominik fanden den Star „tierisch nervend“ (Axel) und „absolut daneben“ (Dominik) und äfften seine zuckenden Tanzschritte nach, um die Mädchen zu ärgern.

Poppis größter Geburtstagswunsch waren zwei Eintrittskarten zum Rocky-Oliver-Konzert. Doch dieses war schon seit Monaten ausverkauft. Herr Monowitsch hatte Himmel und Hölle in Bewegung gesetzt und sich das Ohr wund telefoniert. Trotzdem war es ihm nicht gelungen, den Wunsch seiner Tochter zu erfüllen.

Obwohl Axel die Musik ätzend fand, tat er alles, um Poppi doch noch zu überraschen. Er hatte im Internet eine Seite angewählt, auf der man ungewöhnliche Anliegen und Wünsche hinterlassen konnte. Zuerst hatte Axel geschrieben, dass er zwei Eintrittskarten suchte. Daraufhin hatte ihm ein Unbekannter die Tickets angeboten, allerdings zu einem Preis, den man im normalen Verkauf für etwa fünfzig Karten zahlte. Dann hatte Axel alle Besucher der Seite gefragt, ob jemand eine Idee hätte, wie man an Rocky Oliver herankommen könnte, während er sich in der Stadt aufhielt. Noch besser als Eintrittskarten erschien ihm eine persönliche Begegnung.

Neun Antworten waren gekommen. Bei sieben handelte es sich um dämliche Scherze, über die Axel nicht lachen konnte. Nummer acht kam von einem Zimmermädchen des Hotels, in dem Rocky wohnte. Sie bot an, die Tür zu seiner Suite aufzuschließen. Axel verzog das Gesicht, als er das las, weil ihm diese Idee wie ein Einbruch vorkam.

Der neunte Vorschlag stammte von Waldi, dem Schlitzohr. Gegen einen kleinen Betrag wollte er den Zutritt in die Garderobe des Stars ermöglichen.

„Nichts Verbotenes“, beteuerte er.

Der Preis war nicht hoch, und Axel konnte Lilo und Dominik davon überzeugen, dass sie Poppi kein besseres Geschenk zum Geburtstag machen konnten. Er vereinbarte mit Waldi ein Treffen hinter den hohen, eckigen Mülltonnen am Ende des Parkplatzes. Um halb sieben Uhr abends sollten sie dort sein.

Es war bereits fünf Minuten nach halb sieben, aber Waldis Auftraggeber hatten sich immer noch nicht blicken lassen. Das Schlitzohr wurde unruhig und schimpfte leise über ihre Unpünktlichkeit.

Er sah einen Mann, der in einem parkenden dunkelblauen Wagen saß. Er hatte ein Seitenfenster einen schmalen Spalt geöffnet und warf von Zeit zu

Zeit etwas heraus. Waldi reckte den Hals und sah zerkaute Zahnstocher auf dem Boden liegen. Es waren so viele, dass klar war, dass der Mann schon längere Zeit dort wartete. Waldi folgte seinem Blick und sah die schmale Bühnentür, durch die die Künstler zu ihrem Auftritt kamen. Vier breitschultrige und muskelbepackte Wächter mit verspiegelten Brillen hatten sich davor aufgepflanzt und wehrten zudringliche Fans ab.

Das Handy des Mannes klingelte schrill. Waldi beobachtete, dass dieser erschrak. Er sah durch die Scheibe, dass der Mann das Gerät ans Ohr hielt, sich räusperte und mit heiserer Stimme meldete.

„Ja, Lancelot!“

Lancelot? Was für ein Name! Der wurde höchstens noch von Siegwald geschlagen. Waldi dachte grimmig, man sollte Eltern wirklich verbieten, ihren Kindern solche Namen zu geben.

„Ich weiß, dass es unauffällig ablaufen soll!“, sagte der Mann ungehalten. Nach einer Pause, in der der Anrufer auf ihn einredete, fuhr er fort. „Es hat sich noch keine Gelegenheit geboten und er trägt das Ding nach wie vor um den Hals.“

Waldi begann, sich für den Mann zu interessieren. Was er da mitbekam, klang ganz so, als laufe hier vor seinen Augen eine krumme Tour ab. Gleich witterte Waldi die Chance, den Typ zu erpressen. Wenn es ihm gelang, ein verräterisches Foto zu knipsen, war das durchaus möglich.

„Hallo!“, keuchte ihm jemand von der Seite ins Ohr. Waldi drehte sich mit einem Ruck um und blickte in das hochrote verschwitzte Gesicht eines Jungen, der sich die Baseballkappe auf dem Kopf zurechtschob. „Sind Sie Sigi?“

Unter diesem Namen war Waldi per E-Mail mit Axel in Verbindung getreten. Er nickte ungehalten und wandte sich wieder dem Wagen zu. Waldi hatte einen guten Riecher dafür, wann er ein Geschäft machen konnte.

„Meine Freunde sind auch gleich da. Wir haben den Bus verpasst“, entschuldigte sich Axel, der noch immer nach Luft rang. Er hatte einen Supersprint von der Bushaltestelle zum verabredeten Treffpunkt hingelegt.

„Halt die Klappe", fauchte ihn Waldi an.

Erschrocken wich Axel einen halben Schritt zurück.

Waldi schnappte gerade noch die letzten Worte von dem Mann im Auto auf: „... von vier Schlägern bewacht ... unmöglich, zu ihm vorzudringen."

Es hatte ganz den Anschein, als wollte der Mann ebenfalls zu Rocky Oliver. Der Junge, der jetzt hinter ihm nach Atem rang, hatte für zwei Personen bestellt. Waldi beschloss, ihm die Ausrüstung für eine Person zu geben. Die andere würde er dem Typ im Wagen anbieten, natürlich zu einem weitaus höheren Preis.

Mittlerweile waren auch Lilo und Poppi angekommen, beide völlig außer Puste. Dominik, der erstens nicht gerne lief und zweitens nicht gerne schwitzte, ließ noch auf sich warten.

„Jetzt sag endlich, was die Geheimnistuerei soll?", bettelte Poppi und holte tief Luft.

„Ihr steht in Kürze vor eurem geliebten Rocky Oliver", verkündete Axel stolz.

„Was?" Poppi fasste sich mit beiden Händen an den Kopf. „Das gibt es doch nicht!"

„Doch, gibt es schon." Axel tippte Waldi an, der noch immer zu dem Wagen starrte. „He, wie geht das jetzt? Haben Sie alles mit?" Er raschelte mit dem Umschlag, in dem das Geld steckte.

Poppi tanzte vor Freude hinter der Mülltonne herum und umarmte Lilo immer wieder.

„Es kann nur eine", erklärte Waldi patzig. Aus einer prall gefüllten Plastiktasche zog er ein grünweiß gestreiftes Oberteil und eine grasgrüne Stoffhose.

„Aber Lilo sollte mit Poppi gehen", beschwerte sich Axel.

„Und jetzt kommt sie eben nicht mit!", äffte Waldi seinen Tonfall nach. Mit einer schnellen Bewegung riss er ihm den Umschlag aus der Hand und drückte ihm die Kleidungsstücke in die Arme. „Anziehen! Und dann das da nehmen und am Eingang sagen, dass ihr es Rocky Oliver liefern sollt!" Er hob eine längliche Schachtel vom Boden auf, die den Schriftzug *Garten Eden* trug.

Der *Garten Eden* war die teuerste Blumenhandlung der Stadt. Auf dem Deckel klebte ein Kärtchen. Waldi spielte damit. „Es ist eine echte Lieferung, und falls die Heinis am Eingang nachfragen, erhalten sie von dem Blumenladen die Auskunft, dass alles seine Richtigkeit hat."

„Ohne dich gehe ich nicht", sagte Poppi zu Lilo.

„Quatsch, diese Chance musst du nutzen!" Liese-lotte nahm Axel die Klamotten ab und bedeutete Poppi, schnell hineinzuschlüpfen.

„Ihr verschwindet, aber flott!" Waldi scheuchte Axel und Lilo von den Mülltonnen fort. Dominik, der endlich auch kam, sah gerade noch, dass sich seine Freunde rückwärts entfernten.

Poppi waren Jacke und Hose zu weit, und sie flehte innerlich, dass dies niemandem auffallen möge. Außerdem war sie viel jünger, als es die Boten sonst waren.

„Viel Glück!" Lilo, Axel und Dominik zeigten ihr, dass sie ihr die Daumen drückten.

Mit einem unsicheren Lächeln nickte ihnen Poppi zu, als sie von Waldi in Richtung Bühneneingang gestoßen wurde. Nachdem sich das Schlitzohr vergewissert hatte, dass der Rest der Bande hinter einer Mauer verschwunden war, bückte es sich, hob einen zweiten Blumenkarton hoch und drückte die Plastiktüte an sich, in der sich noch eine Uniform befand. Sie war größer als die erste und mit ein bisschen Glück würde sie dem Mann passen.

Neben dem Fahrerfenster blieb Waldi stehen und klopfte. Ein hartes, kantiges Gesicht mit energischem Kinn blickte ungehalten zu ihm hoch. Der

Kopf des Mannes saß fast direkt auf den Schultern, einen Hals schien er nicht zu besitzen.

„Ich hätte Ihnen da etwas anzubieten“, sagte Waldi.

# Ein schrecklicher Verdacht

Poppis Herz hämmerte. Sie schluckte immer wieder trocken. Am liebsten wäre sie umgekehrt und davongerannt. Den Karton mit den Blumen drückte sie wie einen Teddybären an die Brust. Es kostete sie viel Kraft, die Beine zu heben und weiterzugehen. Die graue Metalltür, vor der die bulligen Kerle in ihren schwarzen Anzügen aufragten wie Felsbrocken, kam näher.

Und näher.

Und noch näher.

Mittlerweile dröhnte jeder Herzschlag in Poppis Ohren wie ein Kanonenknall. Jedenfalls kam es ihr so vor.

Es war so weit. Sie stand nur zwei Schritte vom ersten Wächter entfernt und starrte auf die Knöpfe seines weißen Hemdes. Er schien zum Essen ein Gericht mit Tomatensoße verspeist zu haben. Viele kleine rote Spritzer waren der Beweis.

„Hier geht's nicht rein!", knurrte der Bodyguard sie an und streckte abwehrend eine Hand vor.

„Lieferung. Von …" Poppi klopfte auf den Schriftzug *Garten Eden*, weil ihr vor Aufregung der Name entfallen war.

Ein zweiter Wächter mit einem blonden Pferdeschwanz schob sich vor und begutachtete dann die Schachtel. Prüfend hob er den Deckel, warf einen Blick in die Karte, nahm sein Handy und wählte die Nummer des Ladens. Poppi lief ein Schauer über den Rücken. Schweiß trat ihr aus allen Poren und sie hoffte, dass es die Wächter nicht bemerkten.

„… unmöglich! Der Bote muss das Zeug am Eingang abgeben", hörte sie den Wächter telefonieren.

Enttäuscht hob sie den Kopf. War die ganze Aktion umsonst gewesen? Sah sie Rocky Oliver nicht? Hatten ihre Freunde ihr ganzes Taschengeld an einen Betrüger vergeudet?

„Ihre Garantien interessieren uns nicht!", polterte der Wächter barsch. „Die Blumen übergeben wir und kein anderer."

Poppi war nahe daran, den Karton einfach hinzuwerfen und wegzulaufen.

„Moment." Mit mürrischem Gesicht wandte sich der Wächter an seine Kollegen. „Der Typ behauptet, es gibt eine ausdrückliche Genehmigung der Hallendirektion, dass Boten von diesem *Garten Eden* eingelassen werden." Sein Kollege zog einen Ordner hoch und wühlte in Zetteln. Bei einem gelben Blatt blieb er hängen.

„Stimmt!"

„Also gut!", willigte der Wächter am Telefon gnädig ein und legte auf. Der vierte Muskelprotz öffnete die Tür und winkte Poppi hinein. Sie verschwand im Halbdunkel und hörte noch, wie er hinter ihr sagte: „Jetzt lassen die schon Kinder Blumen austragen. Ist das überhaupt erlaubt?"

Als die Tür mit einem dumpfen Laut wieder zufiel, atmete Poppi auf. Die erste Hürde war geschafft. *Aber vielleicht werde ich ohnmächtig, wenn ich Rocky gegenüberstehe,* dachte sie.

Sie hörte eilige Schritte hinter sich und drehte sich hastig um. Eine Frau mit Klemmbrett in der einen und Funkgerät in der anderen Hand kam auf sie zugelaufen. Ein Blick auf den Karton genügte und sie wusste Bescheid.

„Absolut doofe Ausnahmeregelung", schimpfte sie. „Nur weil dieser Blumenhändler und der Direktor befreundet sind, darf dieser Blödsinn stattfinden." Sie pappte Poppi einen Aufkleber an die Brust und deutete einen düsteren Gang hinunter.

„Zweiter Seitengang links, erste Türe rechts. Du klopfst, wenn du gebeten wirst, trittst du ein, legst auf dem Tisch das Grünzeug ab und gehst unverzüglich", schärfte sie Poppi ein.

Poppi nickte einmal. Zögernd fragte sie: „Ist das die Garderobe von Rocky Oliver?"

„Du kommst nur in den Vorraum", erwiderte die Frau schnippisch.

Um kein Misstrauen zu erregen, stakste Poppi los. Mit halbem Ohr bekam sie mit, dass die Frau über die schlechte Koordination des Blumenladens schimpfte. „Wozu schicken die zwei hintereinander?" Neugierig drehte sich Poppi um und sah einen Mann mit kantigem Gesicht, der die gleiche Uniform trug wie sie und ebenfalls einen Blumenkarton brachte. War er echt? Das bedeutete für sie höchste Gefahr, weil er die falsche „Kollegin" bestimmt gleich auffliegen lassen würde. Poppi lief schneller, um vor ihm die Garderobe zu erreichen. Vielleicht hatte sie Glück.

Insgeheim schimpfte sie auf den Rest der Knickerbocker-Bande. Die Geburtstagsüberraschung war nett gemeint, aber trotzdem war es ein Geschenk, das ihr Bauchschmerzen verursachte.

Immer wieder eilte jemand an ihr vorbei und warf einen Blick auf den Aufkleber auf ihrer Jacke. Offenbar war dieser eine Art Freipass.

„Noch vierzig Minuten bis zur Show“, schallte eine Stimme aus den Lautsprechern, die in allen Ecken angebracht waren.

Auf der Tür, von der die Frau gesprochen hatte, klebte ein Stern aus Glitzerfolie. Poppi spürte, wie ihre Arme und Beine vor Aufregung zu zittern begannen. Sie hob die Hand und klopfte.

Drinnen blieb es still.

Poppi wartete einen Moment. Es kostete sie viel Überwindung, noch einmal anzuklopfen.

Plötzlich wurde die Tür aufgerissen und im ersten Augenblick glaubte Poppi, einem Geist gegenüberzustehen. Alles was sie sah, war ein weißes Tuch. Als es angehoben wurde, kam das grinsende Gesicht von Rocky Oliver zum Vorschein. Er schien sich gerade geduscht zu haben und trocknete seine Haare.

„Hi!“, strahlte er sie an.

Das war zu viel. Poppi brachte keinen Ton heraus.

Rocky schien das lustig zu finden. In gebrochenem Deutsch fragte er: „Bist du eine Fisch?“

„Nein!“, keuchte Poppi und streckte ihm den

Karton entgegen. Der Popstar nahm die kunstvoll gebundenen Blumen heraus, schnupperte daran und ging zu einer Vase, in die schon mindestens drei weitere Sträuße gestopft waren.

Durch eine Tür, die in den angrenzenden Raum führte, trat eine junge Frau mit pechschwarzem Haar. Wie dünne Schnüre hing es bis auf die Schultern herab. Sie sah zu Poppi, die noch immer in der Tür stand, und dann auf Rocky.

„Ich erledige das", sagte sie schnell und trat zur Seite, damit der Sänger sich zurückziehen konnte. Poppi schien ihm aber sympathisch zu sein. Rocky hängte sich das Handtuch wie eine Schlange um den Hals und winkte sie herein.

„Autogramm?", bot er ihr an.

Poppi nickte begeistert.

„Rocky, dafür ist jetzt keine Zeit!" Die Frau sprach Englisch, aber Poppi verstand sie trotzdem.

Der Star beachtete sie gar nicht. Pfeifend trat er an einen Tisch, auf dem ein ganzer Stapel Karten lag, die sein lachendes Gesicht zeigten. Er suchte nach einem Stift, bückte sich und verschwand halb unter einem Sofa. Kichernd tauchte er mit einem Filzschreiber in der Hand wieder auf.

Von Rockys Hals baumelte an einem Lederband ein Amulett. Im Licht blitzte ein kantig geschliffener Stein auf, der in einer sehr klobigen Fassung steckte. Rocky, der mit einem weißen T-Shirt und schlabbrigen Jogginghosen bekleidet war, bemerkte, dass Poppi den Anhänger betrachtete. Er trat dicht vor sie und streckte ihn ihr entgegen.

Aus der Nähe erkannte Poppi, dass die Fassung eine wilde Kreatur mit einer teuflischen Fratze war, die mit ihren dünnen Ärmchen und froschartigen Beinen den Kristall umklammert hielt. Das Wesen erinnerte an alte Wasserspeier, wie sie auf Kirchendächern und Museen manchmal zu finden sind.

„Macht fast Angst", bemerkte Rocky augenzwinkernd.

„Schon unheimlich", gab Poppi zu, deren Hals wie zugeschnürt war.

Das Wesen hatte etwas Lebendiges an sich. In dem taubeneigroßen klaren Stein funkelte es wie Feuer. Poppi kniff einmal kurz die Augen zusammen, da der Stein immer wieder seine Farbe zu ändern schien.

„Macht mich stark", erklärte der Star und umschloss das Amulett mit der rechten Hand. Er drückte es ein paarmal, als würde er auf diese Weise von dem Stein mehr Kraft bekommen.

Die schwarzhaarige Frau stampfte ungeduldig mit dem Fuß auf. „Rocky, mach endlich weiter! Du hast noch zwei TV-Interviews." Sie steuerte auf Poppi zu, packte sie an den Schultern und schob sie Richtung Gang.

„Hör auf!", befahl ihr der Sänger erbost. „Zuerst bekommt das nette Mädchen ein Autogramm."

Schnaubend wie ein Pferd nach einem anstrengenden Galopp rauschte die Frau ins Nebenzimmer ab. Rocky kehrte Poppi einen Augenblick den Rücken zu und nahm eine Karte vom Stapel.

Was dann geschah, lief in Bruchteilen von Sekunden ab. Die Bilder brannten sich in Poppis Gehirn ein und würden noch lange als Albträume wiederkommen.

Von draußen platzte der Mann in der *Garten-Eden*-Uniform herein, stieß Poppi zu Boden und stürzte sich von hinten auf Rocky. Mit einer kräftigen Handbewegung versuchte er, ihm das Amulett vom Hals zu reißen. Das Band hielt jedoch und der Mann zerrte heftiger.

Rocky war völlig geschockt und brachte keinen Ton heraus, bemühte sich aber, den Angreifer abzuschütteln. Dieser unternahm einen dritten Versuch und hatte diesmal Glück. Mit dem schweren Anhänger in der Hand versetzte er Rocky einen harten Stoß, der ihn nach vorn über die Lehne des Sofas schleuderte. Wie eine lebensgroße Stoffpuppe hing

der Sänger dort, einen Augenblick lang unfähig, sich zu bewegen.

Der Angreifer verschwand so blitzschnell, wie er gekommen war. Poppi, von Panik gepackt, kämpfte sich auf die Beine. Alles Blut war aus ihrem Gesicht gewichen. Ihr war schwindlig und schlecht. Stolpernd ergriff sie die Flucht, als Rocky sich wankend aufrichtete und umdrehte. Er sah sie abhauen und gab würgende Töne von sich. Schreien konnte er noch immer nicht.

Poppi sah am Ende des Ganges eine Lampe mit der Aufschrift *NOTAUSGANG* über einer Tür, torkelte darauf zu, drückte die Klinke runter und hatte Glück. Die Tür ging nach außen auf. Poppi hechtete ins Freie und wurde von kalter Abendluft empfangen. Ein Mechanismus zog die Tür hinter ihr sofort wieder zu.

„Sicher hält er mich für den Dieb", hämmerte es in Poppis Kopf. Sie warf sich herum und wollte zurück, um den Irrtum aufzuklären, doch der Notausgang besaß an der Außenseite weder Griff noch Klinke. Vergeblich versuchte sie, die Tür zu öffnen. Sollte Poppi die Wächter um Hilfe bitten? Würden sie ihr glauben? Sie hatten sie ohnehin schon so misstrauisch angestarrt.

Wo waren ihre Freunde? Sie musste ihnen alles erzählen. Poppi taumelte vorwärts, vorbei an dürren Büschen, die an ihrer Jacke rissen. Scheinwerfer strahlten vom Boden aus die Fassade der Konzerthalle an. Die nackten Betonwände warfen den Lichtschein auf die Wege, auf denen ein Strom von Menschen Richtung Eingang wanderte. Alle redeten fröhlich und freuten sich auf zwei Stunden mit Rocky Oliver.

Ob er überhaupt auftreten konnte? In Poppis Ohren schallte immer noch sein heiseres Krächzen, nachdem ihn der Mann mit der Lederschnur so gewürgt hatte.

„Und er wird denken, dass ich es war!" Tränen rannen Poppi über das Gesicht. Immer wieder rieb sie sich mit dem Handrücken über den Mund.

Die Besucher waren teilweise in Bussen von weither gekommen. Rund um die Halle herrschte Verkehrschaos. Verzweifelt bemühten sich Polizisten, die Autos aneinander vorbeizulotsen und sie zum Parkplatz zu weisen.

Weit und breit keine Spur von Axel, Lilo oder Dominik. Sie hatten völlig vergessen, einen Treffpunkt auszumachen. Alles war zu schnell gegangen. Dieser komische schmierige Mann, der die Uniform und die Blumen beschafft hatte, hatte sie so gedrängt.

Hinter einer Litfaßsäule blieb Poppi im Schatten der Straßenlampen stehen.

Sie war sich sicher, von den Vorbeieilenden nicht gesehen zu werden. Wo sollte sie hin? Ihre Eltern waren für vier Tage nach Paris geflogen und sie wohnte bei Lieselotte. Sollte sie dorthin gehen? Frau Schroll, Lilos Mutter, war daheim, weil sie Besuch von Freundinnen hatte, und würde bestimmt viele Fragen stellen.

Die Autofahrer hupten ungeduldig und gestresst.

Alle wollten rechtzeitig das Konzert erreichen, aber die Kolonne bewegte sich keinen Millimeter.

Ein Fahrer, der ungefähr fünfzig Meter entfernt stand, hupte besonders oft und schnell. Immer wieder warf er die Hände in die Luft, als könne er nicht verstehen, wieso es nicht weiterging. Wütend schlug er mit der Faust auf das Lenkrad ein.

Poppi erkannte das kantige Gesicht mit dem eckigen Kinn sofort wieder.

# DIE GESTOHLENE BEUTE

Das kleine Hotel lag versteckt in einer engen, düsteren Seitengasse. Von der fleckigen Fassade fiel an vielen Stellen der Putz ab. Die Fenster waren schon lange nicht gereinigt worden und wirkten wie tote Augen.

*Augustin* stand auf dem schiefen Leuchtschild über dem Eingang. Eigentlich nur *A . gu . . in*, denn die anderen Buchstaben hatten sich gelöst und nur schattenhafte Spuren hinterlassen.

Im dritten Stock, Zimmer 305, stand ein Mann am Fenster und starrte durch die trübe Scheibe in die Dunkelheit. Seine Kiefer mahlten unermüdlich, obwohl er nichts aß. Ungeduldig knirschte er mit den Zähnen. Als sein Handy eine klassische Melodie zu spielen begann, riss er es sofort ans Ohr und meldete sich mit einem drängenden: „Und? Hast du es?“

„Hier Lancelot“, begann der Anrufer unnützerweise. Der Mann hatte längst auf der Anzeige gesehen, wer ihn anrief.

„Hast du es?“, bellte er ins Telefon.

„Ja!“

„Bring es sofort her!“ Er starrte auf sein Spiegelbild in der Scheibe. Der Mann war kahlköpfig und sein Gesicht war glatt und ausdruckslos. Ein Gesicht, das man sofort wieder vergaß, da es weder etwas Freundliches noch etwas Böses oder sonst irgendetwas Bemerkenswertes ausstrahlte.

„Ich stecke im Verkehr und komme nicht weg!“, jammerte Lancelot. Man konnte hören, dass er hupte und fluchte.

„Unser Wagen?“, blaffte der Mann lauernd. Er ahnte die Antwort, hoffte aber auf ein Wunder.

„Ja.“

„Du Idiot!“, brauste er auf. „Wir hatten besprochen, dass du die Sache mit einem gestohlenen Wagen abziehst. Wenn dich jemand beobachtet hat? Wenn dich jetzt irgendwer verfolgt? Willst du die Bullen auf unsere Spur bringen?“

„Nein, nein, will ich nicht“, sagte Lancelot abwehrend. „Es hat mich auch bestimmt niemand beobachtet. Dieser Pop-Fuzzi hat mich nicht gesehen, weil ich ihn von hinten überfallen habe. Kannst dich wirklich abregen."

„Mach auf der Stelle, dass du hierherkommst", schnaubte der Mann und drückte die Taste mit dem roten Hörer, die das Gespräch beendete. Er atmete heftig und klopfte ungeduldig mit dem Handy gegen die Scheibe.

„Miststück", zischte er das Fenster an, das damit natürlich nicht gemeint war. „Dieses elende, miese Miststück. Wenn ich sie in die Finger bekomme …" Neben seinem Bein ertönte ein scharfes Knacken und ein metallisches Knirschen. Erschrocken riss er die Hand in die Höhe und ließ dabei das Handy fallen. Der Akku sprang heraus und es sah nicht aus, als wäre er noch zu gebrauchen. Der Mann verdrehte die Augen und stieß einen bösen Fluch aus. Ihm blieb jetzt nichts anderes übrig, als sich ein neues Handy zu besorgen. Momentan hatte er wirklich eine Pechsträhne. Doch er war eisern entschlossen, diese zu beenden und in einen Geldstrom zu verwandeln. Viel Zeit blieb ihm dazu nicht. In zwei Tagen musste er die Sache über die Bühne bringen. Danach würde er das Land sofort verlassen und weiterreisen. Es gab noch mehrere Geldquellen, die er dringend anzapfen wollte.

*Vorher muss ich auch noch das Miststück zum Schweigen bringen,* dachte er grimmig. *Es gibt nur zwei Möglichkeiten: Entweder will sie das Ding selbst drehen oder sie hat vor, mich zu erpressen.* Was auch immer sie plante, er würde es zu verhindern wissen.

Der Mann hob das kaputte Handy auf, um es dann wütend und mit voller Kraft gegen die Wand zu schleudern.

Das Verkehrschaos hatte sich kein bisschen gebessert. Minutenlang hatte Poppi im Schatten einer Plakatwand gestanden, von der Rocky Oliver auf sie herunterstrahlte, und hatte zu dem blauen Wagen gestarrt, in dem der Mann saß, der den Überfall verübt hatte. Sie konnte doch nicht hinlaufen, die Autotür aufreißen und das Amulett verlangen. Am liebsten hätte sie es getan, um es Rocky Oliver anschließend zurückzubringen, aber sie wusste, dass das nicht möglich war.

„Bestimmt kommt sie zum Haupteingang", ertönte plötzlich eine bekannte Stimme. Sie gehörte Axel, aber Poppi konnte ihren Freund in der vorbeiziehenden Menschenmenge nicht ausmachen.

„Lieselotte? Axel?", rief sie aufgeregt.

Da tauchte Lilos blonder Kopf vor ihr auf. Sie war

in die Höhe gesprungen. Ihre Zöpfe flogen, als sie suchend nach Poppi Ausschau hielt.

„Hier! Hier!“ Poppi trat hinter der Plakatwand hervor und winkte mit beiden Armen.

Am Schimpfen der Leute konnte sie sehen, wo ihre Freunde sich einen Weg bahnten. Poppis Knie wurden weich. Vor Erleichterung, die anderen wiederzusehen, schluchzte sie auf, wischte aber schnell und verstohlen die Tränen aus ihren Augen. Keiner sollte sehen, wie aufgelöst sie war. Die anderen hielten sie ohnehin für einen Angsthasen und der wollte Poppi nicht sein.

„Und, wie war's?“, bestürmte Lilo ihre Freundin. Als Poppi in den Lichtschein der Straßenlampe trat, erkannte Lilo sofort, dass etwas nicht stimmte. Noch immer am ganzen Körper zitternd erzählte Poppi, was sie erlebt hatte. Mit dem Kopf deutete sie in die Richtung, in der das dunkelblaue Auto zwischen einem Bus und einem verbeulten grauen Wagen eingeklemmt stand.

„Bist du sicher, dass dieser Typ der Dieb ist?“, fragte Axel noch einmal nach.

„Er hatte auch so eine komische Uniform an!“ Poppi zupfte an der grün-weiß gestreiften Jacke, die sie noch immer trug.

„Zieh das Zeug lieber aus“, riet Lieselotte und

führte sie hinter die Plakatwand. Zum Glück hatte Poppi ihre normalen Sachen unter der Verkleidung anbehalten, sodass sie nur in die Daunenjacke schlüpfen musste, die Lilo für sie gehalten hatte. Die Kleidung des Blumenladens rollte Lilo klein zusammen und stopfte sie unter ihre eigene Jacke.

„Der Typ scheint ziemlich nervös zu sein", sagte Axel, als die Mädchen zu ihm und Dominik zurückkehrten. „Am liebsten würde der wohl mit seinem Auto wegfliegen."

„Er hat schon einmal ins Lenkrad gebissen", berichtete Dominik grinsend.

„Wir haben keine Beweise", murmelte Lilo nachdenklich. „Das bedeutet, wir können auch nicht einfach zu einem Polizisten gehen und Meldung machen."

Von der Idee ihrer Freundin wollte Poppi ohnehin nichts wissen.

„Bestimmt würden sie dann nur mich mitnehmen. Schließlich war ich in der Garderobe von Rocky und er hat auch nur mich und keinen anderen gesehen."

„Wartet, bin gleich zurück!", rief Axel und ließ sich vom Strom der Konzertbesucher ein Stück weiter Richtung Halleneingang treiben. In einem großen Bogen überquerte er die Straße und näherte sich von hinten dem dunkelblauen Auto. Lässig stellte er den Kragen auf, zog den Kopf ein und bohrte die Hände in die Jackentasche. Viel war von ihm jetzt nicht zu erkennen. So getarnt schlenderte er beiläufig an dem Wagen vorbei. Nur seine Knickerbocker-Freunde bemerkten die suchenden Blicke, die er in das Innere warf.

Axel tat so, als wäre sein Schuhband aufgegangen, bückte sich, blieb mit den Augen dabei aber in Höhe der Wagenfenster. Um nicht aufzufallen, kehrte er in einem weiteren großen Bogen zu den anderen Juniordetektiven zurück.

„Was hast du gesehen?“, bestürmte ihn Lilo.

„Ist das Amulett ein Stein in einer komischen Halterung, die wie eine Krallenhand aussieht?“, wollte Axel von Poppi wissen.

Poppi nickte heftig.

„Er hat das Ding neben sich auf dem Beifahrersitz liegen. Einfach so.“

Dominik hob fragend eine Augenbraue. „Zuerst dringt der Mann verkleidet in die Garderobe ein, verübt einen brutalen Überfall und dann lässt er die Beute einfach auf den Nebensitz fallen? Wo liegt der Sinn?“

Das Hupkonzert in der Straße steigerte sich. In die stehende Kolonne kam ein wenig Bewegung.

Motoren heulten auf, obwohl es höchstens ein paar Meter voranging.

Axel wollte eigentlich mit seinen Freunden absprechen, was er vorhatte. Als er neben dem Wagen gestanden hatte, war es ihm eingefallen. Jetzt, da sich die Fußgänger heftig über den Krach der Hupen aufregten und gegen die Scheiben der Autos klopften, zögerte er nicht länger. Der Tumult in der Straße war eine Chance, die nicht so schnell wiederkommen würde.

Er schoss davon, bahnte sich zwischen den Leuten einen Weg, schlängelte sich an den Autos vorbei und erreichte den blauen Wagen.

Der Krach rund um die Konzerthalle war ohrenbetäubend. In das Hupen mischten sich die wütenden Schreie der Leute und die lauten Trillerpfeifen der Polizisten. Völlig entnervt sorgten die Fahrer für einen unglaublichen Lärmpegel aus Motorengeheul, Hupen und wilden Flüchen.

Der Mann im dunkelblauen Wagen schlug immer wieder mit der flachen Hand auf das Lenkrad ein, als ob dieses etwas für das Chaos konnte.

Neben der Beifahrertür ging Axel in die Hocke. Er zögerte noch einen kurzen Augenblick, packte dann aber entschlossen den Türgriff und flehte, sie möge nicht verriegelt sein. Er zog am Griff und die

Wagentür sprang auf. Weit musste er sie gar nicht öffnen, um nach dem Lederband mit dem Amulett zu greifen, das einladend auf einem speckigen Stoffsitz lag. Mit einem Ruck riss er es an sich, verzichtete darauf, die Tür zu schließen, bewegte sich tief gebückt nach hinten, richtete sich auf und stürmte davon.

Viel zu spät hatte der Mann mitbekommen, was geschehen war. Als er es endlich bemerkte, sprang er aus dem Wagen, der einen kleinen Hüpfer nach vorne machte, bevor er ausging.

„Dieb!“, brüllte der Mann Axel hinterher, doch der Schrei ging im allgemeinen Lärm unter. Einige Sekunden lang konnte sich der Typ nicht entscheiden, was er machen sollte. Sollte er seinen Wagen einfach stehen lassen und dem Jungen hinterherrennen? Doch dann zog er den Schlüssel aus dem Zündschloss, packte sein Handy und stürmte Axel nach.

# AUSGETRICKST

„Er ist verrückt“, entfuhr es Lilo, als sie begriff, was Axel gerade getan hatte.

„Wir müssen ihm helfen“, drängte Dominik und ruderte hektisch mit den Armen.

Der Mann mit dem kantigen Gesicht rannte auf dem Mittelstreifen die Straße entlang, den Unterkiefer grimmig vorgeschoben. Axel flüchtete auf dem Bürgersteig, der von der Halle weiter entfernt und daher auch nicht so überfüllt war. Trotzdem verstellten ihm ständig Leute den Weg und er kam nur sehr langsam voran.

Sein Verfolger schien ein trainierter Läufer zu sein. Seine Schritte waren groß, die Schuhsohlen knallten auf den Asphalt und der Kerl geriet nicht ins Keuchen. Den Kopf zur Seite gedreht, den Blick auf den rennenden Axel geheftet, rückte er immer näher. Sein Plan war, noch auf der Fahrbahn den Dieb zu überholen, dann einen Haken zu schlagen und ihm von vorn den Weg abzuschneiden.

„Ich helfe Axel. Poppi, du versteckst dich", entschied Lilo. Dominik trug sie auf, einen Blick in den abgestellten, offenen Wagen zu werfen. Es konnte nicht schaden, mehr über den Mann in Erfahrung zu bringen.

Natürlich hatte Axel die Gefahr erkannt, die ihm drohte. Er spürte den Verfolger dicht hinter sich. Mit der rechten Hand hielt er das Amulett umklammert. Der kantige Edelstein fühlte sich heiß, fast glühend an. Es blieb aber keine Zeit, um einen Blick darauf zu werfen. Axel musste es schaffen unterzutauchen, sonst würde ihn der Mann schnappen, und was danach geschah, daran wollte Axel nicht denken.

Im Rennen und ohne langsamer zu werden, warf er einen Blick nach hinten. Auf der Straße, wo er den Mann vermutete, konnte er ihn nicht ausmachen. Weit hinter sich sah er Lieselotte, die sich zu ihm durchkämpfte. Axel prallte gegen eine Frau, die vor ihm ging. Wütend fuhr sie herum und schrie ihn an. Sie behauptete, Axel hätte ihr auf den Fuß getreten. Bevor er sich verteidigen konnte, drängte sich von vorn jemand zwischen ihn und die Frau. Axel sah zuerst nur eine braune Lederjacke, die nichts Gutes verhieß. Er hob den Kopf und blickte in ein kantiges Gesicht. Es knackte, als der Mann aus dem Wagen den Zahnstocher durchbiss, auf dem er die ganze Zeit gekaut hatte.

„Komm weiter, Schatz!", sagte der Begleiter der Frau und gab ihr mit einer Handbewegung zu verstehen, sie solle sich nicht weiter um einen drängelnden Jungen kümmern.

Axel spürte die Hand des Unbekannten an seiner Schulter. Hart bohrten sich die Finger in sein Fleisch.

„Gib das Ding her!", zischte der Mann bedrohlich und streckte die andere Hand aus. Der Schmerz war so schlimm, dass Axel seitlich einknickte.

„Die Karte gehört uns! Nein, die lassen wir uns nicht stehlen", brüllte jemand aus Leibeskräften hinter ihm. Es war eindeutig Lieselottes Stimme. „Lassen Sie sofort meinen Freund los, wir haben die Karten von unserem Ersparten gekauft!", zeterte sie lautstark und begann, mit beiden Fäusten auf den verdutzten Mann einzutrommeln.

„Was tun Sie da?", mischte sich sofort ein anderer Konzertbesucher ein. Er packte die Hand des Typen, um ihn zu zwingen, Axel loszulassen.

Der Mann schien einen Augenblick ratlos.

„Er hat …“, hob er an. Der Konzertbesucher machte Anstalten, ihm den Arm zu verdrehen. Von der anderen Straßenseite näherte sich ein Polizist, der den kleinen Tumult beobachtet hatte. „Gib es her!“, zischte der Mann den Knickerbocker an. Sein Mund befand sich nur Zentimeter von Axels Gesicht entfernt. Axel roch sauren Atem.

Als hätte jemand ein Zauberwort gesprochen, bewegte sich auf einmal wieder die lange Autoschlange. Aus der Richtung, in der der Wagen des Mannes stand, kam sofort aufgeregtes Hupen. Der Polizist war mitten auf der Fahrbahn und winkte die Autos weiter.

Wie ein Zauberer hob Axel seine Fäuste, öffnete sie knapp unter der Nase des Mannes und präsentierte leere Handflächen.

„Was? Wo ist es?“, schnaubte der Mann.

Der Konzertbesucher blickte verwirrt zwischen Axel und dem Mann hin und her.

„Was geht hier ab? Kann ich das auch erfahren?“

„Dieser Straßendieb hat etwas aus meinem Auto gestohlen“, begann der Mann lahm, brach ab, machte eine wütende Handbewegung und stürzte davon. Er war in eine entsetzliche Klemme geraten, aus der ihm als einziger Ausweg die Flucht möglich schien. In ihm grollten Wut und Verzweiflung. Er ahnte, wie sein Chef toben würde, wenn er ohne das Amulett zurückkehrte. Es hatte mehr als eine Woche gedauert, bis sie ihm endlich auf die Spur gekommen waren. Durch Zufall hatten sie im Fernsehen einen Bericht über Rocky Oliver gesehen, der das Amulett um den Hals trug. Wie es dorthin gelangt war, verstand niemand. Die Erklärung wäre wichtig gewesen, aber es gelang ihnen einfach nicht, mehr herauszufinden.

Nachdem er das Amulett nun für wenige Minuten besessen hatte, war es verloren gegangen. Unmöglich konnte er mit der Polizei sprechen. Was sollte er auch sagen? „Verzeihung, aber der Junge hat mir etwas geklaut, was ich gerade gestohlen habe? – Ja, es handelt sich um ein Amulett, dessen Bedeutung nur mein Chef kennt. Ich weiß lediglich, dass man mithilfe des Dings auf illegale Weise Millionen machen kann."

Nein, das war unmöglich. Er musste das Amulett für seine Sicherheit opfern obwohl er bezweifelte, den Jungen in der Großstadt wiederfinden zu können. Es war wie die sprichwörtliche Suche nach der Stecknadel im Heuhaufen.

Der dunkelblaue Wagen versperrte den anderen Autos den Weg. Mehrere Fahrer waren schon ausgestiegen und empfingen den Mann mit wüsten Beschimpfungen. Dicht neben dem Auto tänzelte ein Junge mit Brille und reckte neugierig den Hals. Es bestand kein Zweifel, er wollte auskundschaften, was im Wagen lag.

Der Mann fühlte sich verfolgt. Der andere Junge war kein gewöhnlicher Dieb. Er schien einer ganzen Bande anzugehören, aber wieso hatten die Kinder es auf ihn abgesehen?

„Verschwinde!", fuhr der Mann Dominik an, der gehorsam zur Seite wich und erschrocken schluckte. Er hatte den Typ nicht kommen sehen.

Die Fahrbahn vor dem blauen Wagen war frei. Erst beim zweiten Versuch gelang es dem Mann, das Auto zu starten. Krachend warf er den Gang ein und fuhr los. In seinen Schläfen hämmerte das Blut durch eine dicke Ader. Es stand ihm gleich jede Menge Ärger ins Haus und er ahnte, was sein Chef von ihm verlangen würde: Finde diese Kinder und nimm ihnen das Amulett ab. Egal wie!

„Kinder, kommt doch mal und sagt meinen Freundinnen Hallo!", rief Frau Schroll aus dem Wohnzimmer, als sie das Klicken der Eingangstür hörte.

Verschwitzt, abgekämpft und völlig fertig hatte die Knickerbocker-Bande die Wohnung der Familie Schroll erreicht. Poppi klebten die Haare feucht an der Stirn, Axel hatte ein hochrotes Gesicht, Lieselotte war gestürzt und hatte sich dabei zwei dunkle Schmutzflecken auf der Hose geholt und Dominik keuchte pfeifend. Nein, so konnten sie Frau Schroll und ihren Freundinnen nicht unter die Augen treten. Viele forschende Fragen wären die Folge und denen wollten sie unbedingt aus dem Weg gehen.

„Wir sind in meinem Zimmer", rief Lilo und tat so, als hätte sie die Aufforderung ihrer Mutter nicht gehört.

„Wir müssen das neue Spiel ausprobieren", ergänzte Axel.

„Diese Kinder", hörten sie eine der Damen durch die halb offene Tür. „Immer spielen. Ein bisschen mehr Ernst im Leben täte ihnen gut."

Die vier Knickerbocker rollten mit den Augen. Sie hatten heute wahrlich schon mehr als genug „Ernst" erlebt.

Nachdem Lilo die Tür hinter sich geschlossen hatte, drehte sich Poppi fragend zu den anderen.

„Und wenn uns jemand gefolgt ist? Wenn dieser Gauner weiß, dass wir hier zu finden sind?" Sie stürzte ans Fenster und warf einen Blick hinunter auf die Straße. Eine alte Frau führte ihren dicken

Dackel Gassi und ein Mann parkte umständlich sein Auto ein. Sonst war niemand zu sehen.

„Ich habe mich immer wieder umgedreht, mir ist kein Verfolger aufgefallen“, versuchte Lieselotte sie zu beruhigen.

„Das Amulett“, verlangte Axel und machte mit den Fingern eine auffordernde Bewegung. Lilo, die es ihm heimlich abgenommen hatte, während er von dem Mann festgehalten worden war, zog das Lederband aus der Hosentasche. Der Kristall blitzte im Licht der Deckenlampe, als sie den rätselhaften Anhänger vor sich pendeln ließ.

Neugierig näherten sich die anderen Knickerbocker und betrachteten die metallene Kreatur und ihre durchscheinende Beute.

„Ich habe schon einige Male echten, ich meine, wertvollen Schmuck zu Gesicht bekommen“, hob Dominik zu einem seiner Vorträge an. Ausnahmsweise waren die anderen bereit, ihm zuzuhören, ohne sofort aufzustöhnen. Vielleicht hatte er Informationen, die ihnen weiterhelfen konnten. „Dieses Ding hier sieht für mich nach einem billigen Stück aus, wie es oft auf Kunstmärkten oder in Boutiquen angeboten wird. Der Stein ist auf keinen Fall ein Diamant, Rubin oder Smaragd, sondern ein Bergkristall oder etwas Ähnliches.“

Lilo betrachtete den Anhänger eingehend und meinte kopfschüttelnd: „Doppelt unverständlich, wieso sich jemand bei Rocky Oliver einschleicht und ihm das Ding brutal vom Hals reißt."

„Das Konzert!", rief Poppi, sah sich suchend um, entdeckte einen Radioapparat und schaltete ihn ein. Sie wählte den Popsender, auf dem gerade eine neue Nummer von Rocky lief. In die letzten Töne schaltete sich der Moderator ein, der verkündete: „Große Enttäuschung bei allen Rocky-Oliver-Fans: Völlig überraschend wurde das Konzert für heute abgesagt. Es soll auf morgen verschoben werden, die Karten behalten ihre Gültigkeit. Als Grund für die Absage wurde von Rockys Management eine akute Kehlkopfentzündung genannt."

„Hervorgerufen durch heftiges Würgen", ergänzte Lieselotte.

„Vielleicht ist er auch abergläubisch und tritt ohne den Glücksbringer nicht auf. Wir müssen ihm das Ding zurückbringen", schlug Poppi vor.

Niemand hielt das für eine gute Idee.

„Warum war dieses Kantengesicht dermaßen hinter diesem Ding her?", überlegte Lilo laut und zwirbelte das Lederband zwischen den Fingern. Der Anhänger rotierte und glitzerte und blitzte. Lieselotte hatte das Gefühl, ihn die ganze Zeit ansehen zu müssen und sich seinem Bann nicht entziehen zu können. Ihr kam es so vor, als ob etwas Magisches von dem Amulett ausging. Oder bildete sie sich das nur ein?

Dominik marschierte, die Hände auf dem Rücken verschränkt, im Zimmer auf und ab und redete langsam wie ein Professor. „Wie euch bekannt ist, zähle ich nicht zu den glühenden Anhängern von Rocky Oliver.“

„Das macht nichts. Es muss auch Banausen geben“, spottete Lieselotte.

Ohne sich aus der Ruhe bringen zu lassen, fuhr Dominik fort. „Trotz meines Banausentums ist mir etwas aufgefallen: Selbst wenn Rocky Oliver sich bloß die Hände mit einer neuen Seife wäscht, wird darüber im Radio, im Fernsehen, in der Zeitung und im Internet berichtet.“

Poppi und Lieselotte wollten heftig protestieren, aber eigentlich hatte Dominik Recht. Es war fast wirklich so.

„Poppi hat einen ziemlich brutalen Überfall und den Diebstahl dieses Amuletts beobachtet.“ Dominik nahm Lilo den Anhänger aus der Hand und hielt ihn hoch. „Eine heiße Geschichte für Rocky-Oliver-Fans. Im Radio wird aber kein Wort davon erwähnt. Es wird so getan, als hätte er eine normale

Halsentzündung. Ich wette, seine Fans, die für viel Geld Eintrittskarten gekauft und sich in das Chaos rund um die Konzerthalle gestürzt haben, sind stocksauer, weil die Veranstaltung verdammt kurzfristig und mit einer ziemlich lahmen Entschuldigung abgesagt wurde. Bestimmt hätte aber jeder Mitleid, wenn er von dem Überfall wüsste."

Lilo knetete ihre Nasenspitze. Sie tat das immer, wenn sie angestrengt überlegte, weil ihr jemand einmal erklärt hatte, man könne auf diese Weise die Gehirnzellen anregen.

„Du hast Recht", bemerkte sie und nickte Dominik zu, „es ist wirklich sehr rätselhaft, wieso der Diebstahl einfach unter den Teppich gekehrt wird."

Wie ein Pendel ließ Dominik den Anhänger schwingen.

„Die Lösung steckt da drin!", behauptete er und versenkte es in seiner Manteltasche.

Er ahnte nicht, wie Recht er hatte. Das Amulett sollte die Knickerbocker-Bande in allerhöchste Gefahr bringen.

# SPHÄRENKLING-KLANG

Es war kurz nach neun Uhr abends. Eisig fegte der Wind über einen kleinen Platz, in dessen Zentrum ein verfallener Brunnen stand. Die Figur in der Mitte des Beckens stellte einen Drachen dar, der sich krümmte, als hätte er Bauchschmerzen. Im Sommer tropfte ein grünes Rinnsal aus dem Rohr in seinem Maul. Jetzt, Anfang März, war das Wasser noch nicht aufgedreht.

In den Häusern, die den Platz begrenzten, befanden sich mehrere kleine Läden, in denen unter anderem Naturkost, bunte indische Kleidung, alte Bücher und Holzfiguren aus Afrika verkauft wurden. Um diese Zeit waren die Geschäfte längst geschlossen und die Schaufenster dunkel.

Eingeweihte wussten allerdings, dass die rot gestrichene Holztür mit den sieben goldenen Sternen stets unversperrt war. *Sphärenkling-Klang* nannte sich der Laden, der in einer Vitrine neben dem Eingang Kristalle in allen Farben und Größen, Zauberstäbe, Pulver in zerknitterten Säckchen, Messinglaternen mit magischen Zeichen und angeblich echte Zauberbücher anbot.

Lancelot, der Mann mit dem kantigen Gesicht, fand die rote Tür ohne langes Suchen. Sein Chef hatte sie ihm genau beschrieben und ihm einen klaren Auftrag erteilt. Höchst widerwillig war Lancelot auf den kleinen Platz gekommen, um auszuführen, was von ihm verlangt wurde. Doch er musste gehorchen. Sein Chef hatte ihn in der Hand.

Natürlich hatte sein Boss getobt. Dabei war er nicht laut geworden. Er hatte so bedrohlich gezischt wie eine Kobra. Ein Schwall an Beschimpfungen und Flüchen war über Lancelot niedergegangen, der nicht einmal zu widersprechen gewagt hatte.

„Von Kindern überlistet!", hatte sein Chef mindestens zehnmal wiederholt. „Du bist wirklich der größte Versager, der mir jemals untergekommen ist. Ich sollte dich doch der Polizei ausliefern."

Sein Boss besaß Beweismaterial, das Lancelot sofort hinter Gitter gebracht hätte. Aus diesem Grund musste das Kantengesicht auch alles tun, was sein

Auftraggeber von ihm verlangte. Er bekam dafür kaum Geld und lebte in ständiger Angst, sein Chef könnte es sich doch noch anders überlegen. In seinem Mund krachte es leise, als er wieder einmal einen Zahnstocher durchbiss. Das Kauen beruhigte ihn schon lange nicht mehr. Es war eine Angewohnheit, die er nicht abstellen konnte.

Von außen schien der *Sphärenkling-Klang* geschlossen zu sein wie alle anderen Läden. Nur wer sehr genau hinsah, konnte einen dünnen Lichtschimmer unter der Tür erkennen. Prüfend tastete Lancelot seine rechte Manteltasche ab, in der er eine Waffe versteckt hatte. In der linken trug er ein dünnes Seil, ein Tuch zum Knebeln und ein Betäubungsspray. Er war für alle Fälle ausgerüstet. Seine Aufgabe im *Sphärenkling-Klang* behagte ihm gar nicht. Bevor er sich in Bewegung setzte, spuckte er den zerkauten Zahnstocher aus, schob sich einen neuen zwischen die Zähne, straffte die Schultern und ging los.

Ohne vorher anzuklopfen, drehte er den glänzenden Messingknauf und drückte die Tür auf. Im Schein der Straßenlaterne, der über seine Schulter fiel, blickte er auf einen dicken Vorhang, der einen kleinen Vorraum abtrennte. Durch den Mittelschlitz drang ein violetter Lichtschimmer. Lancelot schob die beiden Vorhanghälften auseinander und betrat einen niedrigen Raum. Der süßliche Duft von Räucherstäbchen schwebte durch die Luft. Aus einer Ecke kamen mystische Klänge. Lancelots Schuhe versanken in einem weichen Plüschteppich. Über seinem Kopf hingen breite Fahnen mit magischen Zeichen. Regale, die vom Boden bis zur Decke reichten, waren vollgestopft mit Krimskrams, wie auch in der Vitrine vor dem Laden.

Ein Vorhang aus dicken haarigen Kordeln wurde geteilt und eine junge Frau mit violett gefärbtem Haar trat vor ihn. Blaue Schatten lagen um ihre Augen und an ihren Ohren klingelten dünne Ringe. Ein schwarzes Gewand fiel von ihren Schultern bis zum Boden und bildete hinter ihr eine kleine Schleppe.

Die Frau sagte nichts, sondern blickte Lancelot nur fragend entgegen.

„Madame Elisa?"

Ein langsames Nicken, aber noch immer kein Wort.

„Man hat Sie mir empfohlen."

Eine der ebenfalls violett gefärbten Augenbrauen hob sich.

„Empfohlen als Künstlerin der dunklen Mächte."

Das Gesicht der Frau zeigte keine Regung. Wie

versteinert starrte sie dem späten Besucher in die Augen.

Lancelots Unbehagen wuchs. Was sollte er denn noch alles sagen? Sein Auftrag bestand darin, sich als Kunde auszugeben, um ihr Vertrauen zu gewinnen. Später würde er den wahren Grund seines Kommens verraten. Dazu musste er aber sicher sein, dass er mit der Frau allein im Laden war.

„Es geht um einen Menschen, der mir beruflich das Leben zur Hölle macht. Stimmt es, dass Sie eine solche Person aus der Ferne – sagen wir – unschädlich machen können?“

„So würde ich es nicht nennen“, verbesserte ihn Madame Elisa. „Menschen, die schlechte Energien einsetzen, können genau daran gehindert werden. Und das ist meine Aufgabe auf diesem Planeten.“

„Dann hätte ich einen Auftrag für Sie!“ Lancelot zwang sich zu einem hoffnungsvollen Lächeln, das aber von Elisa nicht erwidert wurde. Nach längerem Zögern trat sie zur Seite und deutete auf den Vorhang. Lancelot musste sich bücken, da der Durchgang sehr niedrig war. Dahinter befand sich ein kurzer Gang mit schwarz gestrichenen Wänden, der in einen weiteren, sehr engen Raum führte. Kissen lagen auf dem Boden und geraffte Stoffbahnen verdeckten die Wände. Ein grünlicher Lichtschimmer durchbrach die Dunkelheit, obwohl nirgendwo eine Lampe zu sehen war.

Madame Elisa ließ sich auf ein dickes Kissen sinken und gab Lancelot ein Zeichen, sich ihr gegenüber auf den Boden zu hocken. Er gehorchte, ließ dabei aber die Hand unauffällig in die rechte Manteltasche gleiten, umfasste den Griff der Pistole und zog sie mit einer ruckartigen Bewegung heraus.

Die Frau stieß einen kurzen, erschrockenen Schrei aus, beugte sich nach hinten und stieß gegen die Wand. Sie hatte keinen Fluchtweg, und es sah auch nicht aus, als gäbe es irgendwo jemanden, der ihr zu Hilfe kommen könnte.

Der verlegene, schüchterne Mann, den Lancelot vorgegeben hatte zu sein, war verschwunden. Mit drohend gesenkter Stimme verlangte er: „Rede, das rate ich dir! Wo hält sich deine Schlange von Schwester versteckt? Wo?“

Elisa hob abwehrend die Hände. Die letzte Farbe war aus ihrem Gesicht gewichen. Auf der fast weißen Haut hoben sich die violetten Lippen und der dunkle Lidschatten noch stärker ab und wirkten dämonisch.

„Ich weiß es nicht.“ Sie konnte kaum sprechen und brachte nur ein Krächzen zustande.

„Das ist gelogen! Ihr habt immer wie Pech und

Schwefel zusammengehalten. Wenn du es mir nicht verrätst, wirst du es bereuen."

„Ich weiß es nicht", wiederholte Elisa, „ehrlich nicht."

„Du lügst!" Lancelot fasste in die andere Manteltasche und griff nach dem Betäubungsspray. Dabei musste er sein Gewicht auf das rechte Bein verlagern. Für den Bruchteil einer Sekunde war er unaufmerksam. Der Schlag traf sein Handgelenk mit voller Wucht und die Waffe entglitt seinen Fingern. Im nächsten Moment donnerte ein dickes Kissen gegen seinen Kopf und ließ ihn zur Seite kippen. Elisa war bereits auf den Beinen und riss zwei Stoffbahnen von der Decke, die sich wie ein weiter Mantel über Lancelot senkten. Er hörte noch flüchtende Schritte, während er fieberhaft damit beschäftigt war, sich von den Fetzen zu befreien. Dunkelheit umgab ihn, als er es endlich geschafft hatte. Im vorderen Bereich des Ladens fiel die Tür zu. Blind tastete sich Lancelot in Richtung Verkaufsraum.

Heute war sein Unglückstag. Die Hexe war ihm entkommen, und er wusste wirklich nicht, wie er das seinem Chef erklären sollte. Am besten, er rettete sich mit einer Lüge und behauptete, sie gar nicht angetroffen zu haben.

Im Vorbeigehen streifte er ein Regal, das nach

vorn kippte. Einige Kristalle und Amulette fielen zu Boden. Unter Lancelots Schuhen knirschte es, als er sich zur Tür durchkämpfte. Zu seiner großen Erleichterung stellte er fest, dass Elisa nicht abgeschlossen hatte. Sonst hätte er bestimmt nicht ohne viel Lärm fliehen können. So aber konnte er auf den Platz treten und die Tür hinter sich wieder schließen. Die Frau war längst verschwunden. Sie war in der Nacht untergetaucht wie eine schwarze Katze.

Lancelot warf einen Blick zurück auf die rote Tür und erschauderte. Er war ein abgebrühter Mensch, doch was ihm sein Chef über den Laden und die jungen Frauen erzählt hatte, die ihn betrieben, ließ ihn frösteln. Besaßen die zwei tatsächlich magische Kräfte, die sie gegen andere Menschen einsetzten?

Auf einmal kam ihm eine Idee. Die Hexe war fort, aber ihre Hexenküche war noch immer da. Bestand nicht die Möglichkeit, hier vielleicht Hinweise auf das Versteck von Madame Elisas Schwester zu finden? Ein Telefon, das die zuletzt gewählten Nummern speichert, wäre hilfreich. Lancelot müsste sie nur durchprobieren. Vielleicht würde er fündig.

Auf einmal fühlte er sich besser. Er drehte um und öffnete zum zweiten Mal innerhalb einer halben Stunde die rote Tür.

# GUTE NEUIGKEITEN

Lilos Zimmer erinnerte an das Innere eines Zeltes in einem Ferienlager. Auf dem Boden hatten es sich ihre Freunde auf Luftmatratzen und in Schlafsäcken bequem gemacht. Sie selbst lag in ihrem Bett. Frau Schroll war am Vorabend in einer sehr großzügigen Laune gewesen und hatte Lieselottes Bitte, ihre Freunde sollten bei ihr übernachten, sofort nachgegeben.

Lange hatten die vier Knickerbocker nicht einschlafen können. Das Geheimnis des Amuletts beschäftigte die Juniordetektive. Poppi drückten Gewissensbisse, weil sich das Schmuckstück bei ihr befand und nicht bei Rocky Oliver. Das Amulett war sicher ein Glücksbringer, und da es ihm gestohlen worden war, wollte er auch nicht auftreten. Natürlich konnte das im Radio nicht bekannt gegeben werden, weil es für viele Leute lächerlich klang und nur wirklich echte Rocky-Oliver-Fans Verständnis gehabt hätten.

Obwohl Lilo es nicht aussprach, spürte sie eine rätselhafte Kraft, die von dem Stein und dem kleinen Dämon ausging. Es handelte sich bestimmt nicht um einen gewöhnlichen Anhänger, davon war sie überzeugt.

Axel fand das Theater, das Lilo und Poppi um den Sänger machten, völlig überzogen. Beeindruckend war für ihn allerdings, wie viel Staub das Amulett schon aufgewirbelt hatte. Und aus purer Neugier wollte er mehr über das Ding herausfinden.

Am Morgen war Dominik als Erster wach. Noch müde kroch er aus dem Schlafsack und tappte in Richtung Toilette. Als er wieder herauskam und sich die Augen rieb, stand Herr Schroll vor ihm. Verschämt zog Dominik den Rand seines T-Shirts tiefer. Er trug Boxershorts mit roten Herzchen, die seine Mutter witzig fand, für die Dominik sich aber schrecklich genierte.

„Morgen, Sportsfreund“, grüßte Herr Schroll gähnend. Er arbeitete als Trainer in einem Fitnessclub und betreute sehr berühmte Leute. Schauspieler, Politiker und Fernsehstars ließen sich von ihm die richtigen Trainingsübungen zeigen und zum Schwitzen bringen. Lilo war deshalb sehr stolz auf ihren Vater, oft aber auch ein wenig sauer, weil er gar keine Zeit mehr für sie hatte. Sogar das Skifahren im Winter war in diesem Jahr ausgefallen, und die Bergtour im Sommer, auf die Lilo sich immer sehr freute, stand auf wackeligen Beinen. Die berühmten Sportskanonen wollten ihren Trainer zu jeder Jahreszeit und am besten Tag und Nacht um sich haben.

„Guten Morgen“, sagte Dominik und drängte sich an Herrn Schroll vorbei.

„Bist du ein Frühaufsteher?“, wollte Lilos Vater wissen.

„Wieso?“

„Es ist erst halb sechs und außer mir ist normalerweise um diese Zeit hier noch keiner aus den Federn.“

Dominik war inzwischen hellwach und hatte gar keine große Lust, sich noch einmal hinzulegen.

„Ich mache uns jetzt mal eine Tasse Tee“, schlug Herr Schroll vor.

Aus dem Badezimmer besorgte sich Dominik einen dunkelblauen Bademantel, der ihm viel zu groß war. Herr Schroll trug einen schlabberigen grauen Jogginganzug. Während er Wasser aufsetzte, kletterte Dominik auf einen hohen Hocker neben der Anrichte.

„Ich hoffe, ihr seid nicht an einem neuen Fall dran", bemerkte Herr Schroll und hängte Teebeutel in die Tassen.

„Äh … nein", flunkerte Dominik.

„Gut." Er nickte zufrieden. „Für Aufregungen habe ich zurzeit nämlich keine Nerven."

„Wieso?"

Herr Schroll stemmte die Hände gegen den Türrahmen und machte stehend Liegestützen.

„Weil ich im Fitnessclub auch noch alle Klienten meiner beiden Kollegen kurzfristig übernehmen musste und seither zwölf, manchmal sogar vierzehn Stunden am Tag arbeite."

„Was ist mit Ihren Kollegen? Sind sie krank?"

„Kennst du einen Rocky Oliver?"

Dominik zuckte, als hätte er einen Schwall kaltes Wasser über den Rücken gegossen bekommen.

„Der Sänger?"

„Genau der! Er ist seit drei Tagen in der Stadt und soll noch eine ganze Woche bleiben. Das trällernde Kerlchen schläft nicht gerne jede Nacht in einem anderen Hotelbett. Deshalb hat er sich unsere Stadt als Stützpunkt ausgesucht und wird von hier zu seinen Konzerten gebracht. Natürlich muss so jemand ständig etwas für seine Fitness tun, und da sein eigener Trainer krank ist, dürfen ihn meine Kollegen vertreten."

Dominik rutschte unruhig auf dem Hocker hin und her.

„Heißt das, Ihre Kollegen sind jeden Tag bei Rocky Oliver? Die dürfen einfach so zu ihm?"

„Dürfen? Sie müssen! Der Kerl hat Energie für zehn. Er trainiert drei bis vier Stunden am Tag. Meine Kollegen teilen sich die Trainingsstunden und sind danach völlig schlapp. Dieser Rocky Oliver verlangt, dass sie jede Übung mitmachen. Er veranstaltet gerne kleine Wettkämpfe."

„Ich komme gleich wieder", versprach Dominik, rutschte vom Hocker und stürmte in Lieselottes Zimmer. Der Radiowecker zeigte gerade mal sechs Uhr fünfzehn an, aber trotzdem musste Dominik das Superhirn der Bande wecken. Unsanft rüttelte er Lilo an der Schulter.

„Willst du Saures?", kam es grunzend aus ihrem Kissen.

„Ich habe großartige Neuigkeiten. Es gibt einen ganz einfachen Weg, wie wir an Rocky Oliver herankommen können."

Lieselotte öffnete ein Auge und blinzelte ihn müde an.

„Wie?“

„Ein Kollege deines Vaters muss uns mitnehmen. Oder noch besser, dein Vater spielt einen Tag lang den Trainer von Rocky. Wir können ihn bestimmt dazu überreden.“

„Trainer? Was für ein Trainer?“

Mit einem energischen Ruck zog Dominik Lieselotte die Bettdecke weg und schleuderte sie quer durch das Zimmer.

„Los, aufstehen! Solch eine Gelegenheit bietet sich nicht so schnell wieder.“

Herr Schroll staunte, als sich auch seine Tochter zu ihm in die Küche gesellte. „Um diese Uhrzeit habe ich dich noch nie auf den Beinen gesehen.“

„So tolle Neuigkeiten habe ich auch noch nie über dich gehört“, gab Lilo zurück.

„Warum trainieren Sie nicht Rocky Oliver?“, fragte Dominik ganz nebenbei.

„Ich? Warum sollte ich …?“ Herr Schroll überlegte und am Aufleuchten seiner Augen war zu erkennen, dass ihm der Gedanke gar nicht schlecht gefiel. „Steige ich dann ein wenig in deiner Achtung?“, wollte er grinsend von seiner Tochter wissen.

„Mindestens drei Zentimeter“, erklärte Lilo gnädig. „Aber dann möchte ich selbstverständlich mitkommen.“

„Mitkommen? Wie stellst du dir das vor? Jeder, der auf einen halben Kilometer an diesen Rocky Oliver herankommen möchte, wird durchleuchtet, als wolle er dem Kerl an den Kragen, und muss sich ein Verhör gefallen lassen, bei dem sogar nach der Schuhgröße seiner Urgroßmutter gefragt wird."

„Du stellst mich als deine Assistentin vor", war Lilos Vorschlag.

„Ob das klappt?"

„Bitte, Vati! Du musst!", bestürmte ihn Lilo. „Die anderen in meiner Klasse brechen reihenweise nieder, wenn sie erfahren, dass ich mit Rocky Oliver trainiert habe."

„Nachdem unsere große Wintertour wegen meines neuen Jobs ins Wasser gefallen ist und die Bergtour im Sommer vielleicht nicht klappt, bin ich dir wohl einen Gefallen schuldig. Oder?"

Lieselotte nickte mit ernster Miene. „Du könntest damit sicherlich einiges wiedergutmachen. Nicht alles, aber einiges."

„Dann muss ich es wohl versuchen", gab sich Herr Schroll geschlagen. Er zog seinen Jogginganzug gerade und holte das Funktelefon aus der Diele. Gespannt verfolgten Dominik und Lieselotte das Gespräch, das er mit seinem Kollegen führte. Nachdem er aufgelegt hatte, verkündete er: „Alles geregelt. Rocky Oliver hat mir in meiner Sammlung noch gefehlt."

„Und? Darf ich mitkommen?" Lilo sah ihn erwartungsvoll an.

„Habe ich dir schon mal einen Wunsch abschlagen können?"

Lilo streichelte ihm liebevoll über die stoppelbärtige Wange.

„Nein, denn du bist der beste Vater der Welt."

Eine halbe Stunde später beratschlagten die vier Knickerbocker in Lieselottes Zimmer, was genau geschehen sollte.

„Ich komme sehr nahe an Rocky Oliver heran und mich kennt er nicht", legte Lilo die Situation dar. „Soll ich das Amulett einfach unauffällig irgendwohin legen?"

Dominik war sofort dagegen. „Viel zu gefährlich! Das könnte eine Lawine an Fragen nach sich ziehen. Wenn wirklich so viele Leibwächter um Rocky herum sind, beobachten sie seine Zimmer und wissen genau, wer ein- und ausgeht. Der Verdacht könnte schnell auf dich fallen und das würde Ärger ohne Ende bedeuten."

Lilo musste ihm Recht geben.

Poppi schwenkte ein Popmagazin, auf dessen Titelseite Rocky Oliver abgebildet war. „Ich finde, wir müssen herausbekommen, wieso nichts über den Überfall bekannt geworden ist. In diesem Heft steht sogar, welche Farbe die Socken haben, die sich Rocky kauft."

„Der Überfall hätte eurem Goldkehlchen bestimmt fette Schlagzeilen verschafft, die seine CDs noch höher in die Charts gebracht hätten", sagte Axel trocken und erntete dafür strafende Blicke der Mädchen.

„Das hat Rocky nicht nötig", belehrte ihn Liselotte. „Allerdings stimmt es, dass Schlagzeilen nie schaden können. Vor allem, wenn Rocky das unschuldige, arme Opfer ist."

Dominik wusste von den Filmen, in denen er mitgespielt hatte, dass Stars Leute hatten, die die Reporter ständig mit Neuigkeiten fütterten. „Warum wird der Überfall unter den Teppich gekehrt und auch über den Diebstahl des Amuletts nichts bekannt?", fragte er erneut.

„Ich finde es heraus", versprach Lilo.

„Nimmst du das Amulett von ihm mit?" Poppi hob den Kristall hoch, der im Tageslicht noch heller leuchtete.

Nach kurzem Überlegen schüttelte Lilo den Kopf. „Lieber nicht. Wollen wir es zurückgeben, kann ich euch immer noch anrufen. Lasst eure Handys auf jeden Fall eingeschaltet."

„Wird gemacht!", versicherten die drei und legten die Hand an die Stirn, als würden sie salutieren.

In Zimmer 305 des Hotels *Augustin* stand der kahlköpfige Mann am Fenster und starrte in eine vom trüben Morgenlicht erhellte enge Gasse. In einer Hand hielt er einen Zettel, auf den eine lange Nummer gekritzelt war, in der anderen sein Handy. Und hinter ihm, wie ein Schüler, der sich danebenbenommen hatte, den Kopf gesenkt, die Hände artig gefaltet, wartete Lancelot. Drei Stunden lang hatte er den Zauberladen durchwühlt. Nichts war mehr dort, wo es gestanden hatte. Alle Glasgegenstände waren zu Bruch gegangen. Lancelot hatte darauf keine Rücksicht nehmen können.

In einem abgegriffenen Buch mit speckigem Einband war er schließlich fündig geworden. Zwischen Deckel und erster Seite steckte ein Bündel Zettel. Es waren ein paar Rechnungen, ein Lieferschein und ein hastig geschriebener Brief. Der Zettel war an den Kanten ausgefranst, die Schrift krakelig.

„Schwesterherz, was ist mit deinem Handy los? Kann dich nicht erreichen. Habe absolut irre Neuigkeiten. Es geht um viel Geld. Wie es die Karten vorhergesagt haben. Muss untertauchen. Falls jemand nach mir fragt, sag, ich sei verreist. Nach Südamerika. Ruf mich an! Ich habe ein neues Handy." Es folgte die Nummer und zwei Zeilen darunter statt einer Unterschrift ein fünfzackiger Stern, dessen fünfte Zacke nach unten zeigte.

Wie ein heiß geliebtes Kuscheltier hatte Lancelot den Zettel an die Brust gedrückt und aufgeatmet. Er musste nicht mit leeren Händen zu seinem unbarmherzigen Chef zurückkehren und war wenigstens einen winzigen Schritt vorangekommen. Die Nummer war eine Spur zu dem Mädchen, das sein Chef fieberhaft suchte.

Nach langem Warten bekam der Mann am Fenster endlich die Person an den Apparat, die er brauchte.

„Ich bin es, Kalvin", sagte er ruhig. Nach einer kurzen Pause brauste er auf: „Natürlich kennst du mich. Mach jetzt kein Theater, Hanne! Ich brauche was und ich wette, du benötigst wie gewöhnlich Geld. Wir könnten ins Geschäft kommen." Hanne, wer auch immer das war, willigte offenbar höchst widerstrebend ein. Nur die Aussicht auf reichlich Geld konnte sie wohl überzeugen. „Du hast doch Zugang zu den Computern dieser neuen Telefongesellschaft. Wenn jemand sein Handy benutzt, ist es doch möglich festzustellen, wo er sich befindet. Der Computer kann sagen, über welche Antenne das Signal empfangen wird. Bin ich da richtig informiert?"

Ungeduldig trommelte der Mann, der also Kalvin hieß, mit den Fingern auf das rissige Fensterbrett.

„Ist das möglich? Oder nicht?"

Die Antwort schien positiv auszufallen.

„Gut, ich gebe dir eine Nummer durch und will wissen, wo sich die Person mit diesem Handy aufhält." Er hörte kurz zu und brauste dann auf. „Ja, ich weiß, es kann im Umkreis eines Senders sein und der Umkreis kann auch zwei Kilometer groß sein. Das ist mir bekannt. Egal. Ich will den Umkreis wissen." Wieder eine Pause. Kalvin knirschte mit den Zähnen und seine Kaumuskeln traten hervor. „Du bekommst das Geld. Mein Knecht", er sprach das Wort herablassend aus, „wird es dir bringen. Übergabe nur, wenn du eine Information hast."

# DIE VERSCHLEIERTE FRAU

Lilo klopfte das Herz bis zum Hals, als sie mit ihrem Vater aus dem Auto stieg. Sie legte den Kopf in den Nacken und blickte an der spiegelnden Fassade des Hotels *Blue Tower* empor. Fünfundzwanzig Stockwerke ragte es zum Himmel hoch und schien nur aus blau glänzenden Glasplatten zu bestehen. Es war das modernste Hotel der Stadt und laut Zeitungsberichten hatte Rocky Oliver den gesamten fünfundzwanzigsten Stock für sich und seine Band gemietet.

Herr Schroll hatte den schlabbrigen Jogginganzug gegen einen schicken und sehr modernen Trainingsanzug in Silber und Blitzblau getauscht und für seine Tochter das gleiche Modell aus dem Fitnesscenter geholt. Mit einem Koffer mit dünnen

Matten, Springseilen, Hanteln und Expandern in der Hand schritt er auf den breiten Eingang des Luxushotels zu. Fast lautlos fuhr die Glastür auseinander und gab den Zugang zu einer weitläufigen Halle frei.

Hinter der Rezeption winkte ihnen ein grauhaariger Mann mit wässrigen geröteten Augen. Sein Kopf zuckte ständig hin und her, als könne er ihn über so viel Verrücktheit nur schütteln.

„Sie sind der Fitnesstrainer, nicht wahr?“, fragte er, als Herr Schroll zu ihm trat.

„Sieht man das etwa?“, scherzte Herr Schroll, doch dem erschöpften Portier war nicht nach Witzen zumute. Er fuhr sich mit der Hand über das müde Gesicht und die Augen.

„So ein Star ist eine große Ehre für ein Hotel, aber er bringt eine Menge Probleme“, stellte er seufzend fest.

„Wieso?“, wollte Lilo wissen.

„Diese Fans lassen sich alle möglichen Tricks einfallen, um zu ihm zu gelangen. Sogar einen Zimmerkellner haben sie schon überfallen und ihm den Anzug gestohlen.“

Herr Schroll lachte in sich hinein.

„Seit gestern ist überhaupt die Hölle los. Die Frau Direktor hat ein Hotelverbot für alle Reporter verhängt. Jeder möchte wissen, ob Rocky Oliver wieder gesund ist oder ob noch weitere Konzerte ausfallen. Außerdem gibt es da Gerüchte wegen der verschleierten Frau, die er mitgebracht hat.“

Lieselotte hob interessiert beide Augenbrauen. „Eine verschleierte Frau? Wer soll das sein?“

Der Portier redete die ganze Zeit, während er etwas in seinen Computer eingab. Immer wieder vertippte er sich und musste von vorne beginnen.

„Bei seiner Ankunft war in der Gruppe auch eine verschleierte Frau. Sie trug ein bodenlanges Kleid in Blassrosa und über dem Kopf mehrere Schleier aus dünnem Stoff. Sie sprach kein Wort und niemand hat ein Stück Haut von ihr gesehen. Da sie sich in der Nähe von diesem Rocky Oliver aufhielt, kam schnell das Gerücht auf, es handle sich um seine neue Freundin.“

Endlich gab der Computer ein bestätigendes Pling von sich und der Portier zog eine Magnetkarte durch ein Gerät, das diese bespielte. Er reichte die Karte an Herrn Schroll und erklärte: „Im Lift in den Schlitz stecken und auf *25* drücken. Für alle anderen Leute ist die Etage gesperrt. Bitte achten Sie darauf, dass niemand mitkommt. Gleich nach dem Aussteigen erwarten Sie Sicherheitsleute, die Sie kontrollieren werden. Wir haben mit den Burschen nichts zu tun und können daher auch nichts für ihr ungehobeltes Benehmen."

„Wir werden es überleben. Meine Assistentin", Herr Schroll deutete auf Lilo, „und ich."

„Viel Glück", wünschte der Portier und widmete sich zwei jungen Japanern, die ihm Hilfe suchend einen Stadtplan entgegenstreckten.

Die Halle war eine Komposition aus blauem Stein, Glas und Stahl und schien kein Ende zu nehmen. Lilo spürte die neugierigen Blicke, die ihnen folgten, und senkte verschämt den Kopf. Aus den Augenwinkeln sah sie nach links und rechts, erblickte aber nur unbekannte Gesichter.

Endlich hatten sie die Wand erreicht, in die gleich sechs Lifttüren nebeneinander eingelassen waren. Anzeigen zwischen den Türen zeigten an, wo sich die Kabine gerade befand. Sensoren ertasteten, ob jemand wartete, und riefen ganz automatisch den Aufzug.

„Verzeihung, sind Sie unterwegs zu Rocky Oliver?", fragte eine raue Stimme. Lieselotte sah auf und ihr Herz setzte einen Schlag lang aus. Sie hielt den Atem an und drehte sich weg, damit der Mann, der zu ihnen getreten war, ihr Gesicht nicht sehen konnte. Es war der Amulettdieb, den sie ausgetrickst hatten.

War sie ihm auf der Straße aufgefallen, als sie Axel zu Hilfe gekommen war? Hatte er sich ihr Gesicht gemerkt?

„Wer sind Sie?", fragte Herr Schroll kühl.

„Es geht um Musik. Ich habe einen Song geschrieben, der ein neuer Hit für Rocky Oliver werden könnte, aber ich muss zu ihm und ihm die Melodie vorspielen."

Alles gelogen, wollte Lilo rufen, presste aber die Lippen zusammen und flehte, ihr Vater möge sich nicht weich klopfen lassen.

„Bitte, der Song könnte auch mein Leben retten", bettelte das Kantengesicht.

Ein elektronisches Ding-Dong meldete das Eintreffen des Liftes und die Stahltür öffnete sich.

„Tut mir leid, ich kann Ihnen nicht helfen", meinte Herr Schroll bedauernd und schob seine Tochter an der Schulter in die Aufzugkabine. Erleichtert atmete Lieselotte auf, als sie hörte, dass sich die Tür wieder schloss und der Lift einen Ruck nach oben machte. Noch immer raste ihr Herz und sie hatte das Gefühl, dass ihr Gesicht glühte.

„Alles in Ordnung?" Ihr Vater hatte ihre Nervosität bemerkt und musterte sie fragend. „Ist dir nicht gut?" Lächelnd fügte er hinzu. „Oder ist es die Aufregung?"

„Aufregung", gab ihm Lilo sofort Recht.

Was hatte der Mann im Hotel zu suchen? War er noch immer hinter dem Amulett her? Vermutete er es hier? Das ergab doch keinen Sinn. Er hatte es Rocky Oliver gestohlen, dann war es ihm von den Knickerbockern abgenommen worden und jetzt tauchte er abermals im Umkreis des Superstars auf. Was genau wollte er erreichen? Gab es noch mehr von diesen Amuletten und welche Bedeutung hatten sie?

Mit hoher Geschwindigkeit raste der Lift bis zum fünfundzwanzigsten Stockwerk, wo sich summend die Türen öffneten. Sofort traten zwei der großen, schrankartigen Leibwächter vor den Ausgang und versperrten Herrn Schroll und Lilo den Weg.

„Wieso kommen Sie herauf?", fuhren sie die beiden grob an.

Herr Schroll lehnte sich leicht zurück und erwiderte ruhig: „Ich kann wieder fahren. Bestellen Sie bitte Rocky Oliver, sein persönlicher Trainer sei hier gewesen, aber von seinen Bluthunden vertrieben worden!"

Die beiden Wächter machten grimmige Gesichter und ließen die Besucher unwillig das Stockwerk betreten. Einer deutete mit dem Kopf auf Lieselotte.

„Wer ist die da?"

„Die da“, wiederholte Herr Schroll tadelnd, „ist meine Assistentin. Und wenn Sie nicht sofort einen freundlicheren Ton anschlagen, gehe ich wirklich. Das muss ich mir nicht bieten lassen.“

„Was gibt’s?“, kam vom Ende des Ganges, der sich nach links und rechts erstreckte, Rockys Stimme. In ausgewaschenen Jeans und einem flatternden weißen Hemd tauchte er hinter den beiden Männern auf und beäugte die Besucher.

„He, ein neuer Trainer!“ Er schien sich zu freuen und zwinkerte Lilo zu. „Und eine hübsche Begleiterin. Ich bin aber noch nicht so weit. Eine halbe Stunde müsst ihr wohl auf mich warten.“

Der Hemdkragen stand weit offen und deutlich zeichneten sich an Rockys Hals dünne rote Striemen ab. Es waren die Stellen, an denen er mit dem Lederband des Amuletts gewürgt worden war.

Wie aus dem Boden geschossen stand auf einmal eine junge Frau mit pechschwarzem Pagenkopf neben ihm. Ihr Lippenstift schimmerte lila, ihre Haut war sehr hell gepudert und erinnerte an Porzellan.

„Rocky, heute kein Training! Du musst dich schonen.“ Sie deutete auf ihren Kehlkopf. „Denk daran!“

„Ich bin wieder okay“, maulte der Star wie ein kleiner Junge. „Ohne Training kann ich nicht auftreten. Da fehlt mir was. Ich brauche einfach Action für meine Muskeln. He, Monique, jetzt spiel dich nicht als meine Mam auf!“

Beleidigt kniff die Frau die Lippen zu einem dünnen Strich zusammen.

„War nicht so gemeint“, lenkte Rocky sofort ein.

„Mach doch, was du willst! Mir reicht's langsam. Deine Solo-Touren werden dich ruinieren. Ich will nicht schuld daran sein."

„Warte mal, Monique. Jetzt reg dich ab!" Rocky flehte wie ein Kind, das etwas angestellt hatte.

Lilo und ihr Vater wechselten einen ratlosen Blick. Sie kamen sich überflüssig vor und die ganze Situation war ihnen peinlich.

Monique riss eine Zimmertür auf, ging hinein und schlug sie Rocky vor der Nase zu. Betreten blieb der Star davor stehen und seine Hand wanderte zu den Würgemalen an seinem Hals. Er rieb sie vorsichtig und schien dabei nachzudenken. Auf einmal machte er einen sehr niedergeschlagenen Eindruck. Langsam drehte er sich um und zuckte leicht zusammen, als er Herrn Schroll und Lieselotte bemerkte. Er hatte die beiden längst vergessen. Irgendwie schien er unendlich traurig und ließ die Schultern hängen.

„Ich komme wieder", murmelte er und verschwand den Flur hinunter. Eine Zimmertür fiel klickend ins Schloss.

„Was tun wir jetzt?", flüsterte Lilo ihrem Vater zu.

Herr Schroll wandte sich an die Wächter, die schweigend in die Richtung starrten, in die Rocky verschwunden war.

„Kommt er zurück? Sollen wir warten?“

Einer der beiden, der sein langes Haar zu einem Pferdeschwanz gebunden hatte, nickte. Obwohl er noch immer nicht lächelte, wirkte er freundlich. Er öffnete die Tür zu einem normalen Hotelzimmer und machte eine einladende Handbewegung.

„Setzen Sie sich hierher. Sie können sich aus der Minibar bedienen. Trinken Sie, was Sie wollen.“

„Was ist denn mit Rocky?“, wagte Lilo zu fragen.

„Sag es nicht weiter, aber diese Stars haben alle eine Meise!“ Der Wächter tippte sich mit dem Finger an die Stirn und schnitt eine gequälte Grimasse.

Lilo nahm allen Mut zusammen. Sie wollte diese Gelegenheit nutzen. Sie musste es einfach tun.

„Stimmt es eigentlich, dass Rocky gestern überfallen wurde?“

Der Wächter konnte sein Erstaunen über die Frage nicht verbergen. In seinem Gesicht stand ein eindeutiges Ja.

„Nein“, antwortete er nach einer viel zu langen Pause. „Woher haben Sie diese Information?“

„Ach, aufgeschnappt von einem Fan und auf einer Homepage im Internet stand es auch.“

„Was Fans so reden, ist fast immer erfunden“, erklärte der Wächter herablassend.

„Wirklich?“ Lilo blickte ihm ins Gesicht und beobachtete, wie der grobschlächtige Mann auf einmal verlegen wurde.

„Sie wissen doch sicher, wie ich das meine."

Es war für Lilo schmeichelnd, mit Sie angeredet zu werden.

„Unten wartet ein Komponist, der einen neuen Hit für Rocky hätte", meldete sich Herr Schroll.

Der Wächter machte eine wegwerfende Handbewegung. „Der Kerl soll sich an die Plattenfirma wenden und sich dort seine Abfuhr holen."

Lieselotte störte der unfreundliche und verächtliche Ton des Wächters sehr. Ihre Sympathie für Rocky Oliver schrumpfte. Fieberhaft überlegte sie, wie sie es schaffen könnte, einen Blick in die anderen Zimmer des Stars zu werfen. Nach der verschleierten Frau zu fragen, traute sie sich nicht. Im Moment jedenfalls nicht.

Mit einem verlegenen „Ich muss mal" stand sie auf und steuerte die Badezimmertür an. Nachdem sie hinter sich abgeschlossen hatte, untersuchte sie die Abdeckung des Spülkastens, der in die Mauer eingelassen war. Mit einem geschickten Handgriff hatte sie das Plastik abgenommen. Axel hatte ihr diesen Trick einmal gezeigt. Toilettenspülkästen waren ausgezeichnete Geheimverstecke, diesmal hatte Lilo aber etwas anderes vor. Es gelang ihr, sich Zugriff auf die Mechanik der Spülung zu verschaffen und dort einen Hebel auszuhängen. Nachdem sie die Abdeckung wieder aufgesetzt hatte, ließ sich die Spülung nicht mehr betätigen.

Mit leidender Miene trat Lilo aus dem Bad und vor den Leibwächter. „Die Spülung ist kaputt. Ich teste sie immer, bevor ich eine fremde Toilette benutze, weil ich schon einiges erlebt habe."

Herr Schroll hob erstaunt die Augenbrauen.

Der Wächter verschwand im Bad und Lilo hörte ihn an der Spülung hantieren. Mehr als das hilflose Gluckgluck entlockte er dem Kasten jedoch nicht.

„Sie können zwei Zimmer weiter gehen", erklärte er brummig nach seiner Rückkehr. „Es wohnt niemand dort. Gehen Sie einfach hinein."

„Danke!" Lilo schenkte ihm ein erleichtertes Lächeln und ging auf den Flur hinaus.

„Sie benutzt das Bad von Nummer 2505", rief der Mann über ihre Schulter hinweg seinen Kollegen zu, die Lieselotte den Weg versperren wollten.

Die anderen Leibwächter nickten kurz und ließen Lilo gehen. Sie hatte schon die Hand am Türknauf von Nummer 2505, als hinter ihr der Lift aufging. Lieselotte drehte sich neugierig um und sah einen untersetzten Mann aussteigen. Er hatte den Kopf eingezogen, den Kragen seiner ausgebeulten und abgewetzten Tweedjacke aufgestellt und hielt sein Gesicht gesenkt.

„Ich habe einen Termin", sagte er knapp.

Einer der Leibwächter wusste darüber Bescheid und begleitete den Mann auf dem Weg den Flur hinunter. Schnell drückte Lilo die Tür des Zimmers auf, das sie betreten durfte. Bevor sie hineinging, bekam sie noch mit, dass der Mann nach nebenan geführt wurde. Der Leibwächter klopfte, die Tür wurde aufgerissen und Rockys Stimme erklang.

„Na endlich, treten Sie ein!"

Wer war der Besucher, den er ohne Zweifel ungeduldig erwartet hatte?

# ENTDECKT

Natürlich brauchte Lilo nicht wirklich eine Toilette. In Zimmer 2505 verriegelte sie als Erstes die Tür, damit sie keiner überraschen konnte. Aus dem Badezimmer besorgte sie sich ein Zahnputzglas und lief damit zur Wand, die an das Nebenzimmer grenzte. Sie drückte die Öffnung dagegen und presste ihr Ohr an das Glas. Hoffentlich funktionierte der Trick und sie konnte mitverfolgen, was nebenan gesprochen wurde.

Sehr dumpf und leise vernahm sie Stimmen. Um sie zu verstehen, hielt Lilo den Atem an.

„Und? Haben Sie bereits eine Spur? Ich brauche das Amulett dringend zurück. Noch heute Nachmittag, vor meinem Konzert!“ Rocky klang verzweifelt.

„Sie haben sich an den mit Abstand besten Mann der Stadt gewandt", erklärte der Besucher großspurig. „Keiner kann Ihnen schneller und unauffälliger helfen als ich."

„Jaja", drängte Rocky ungeduldig, den das Selbstlob des anderen nicht interessierte.

„Ich genieße als Privatdetektiv einen ausgezeichneten Ruf, muss deshalb aber auch behutsam vorgehen. Schließlich haben Sie mir aufgetragen, jedes unnötige Staubaufwirbeln zu vermeiden."

„Ist richtig. Habe ich gesagt. Trotzdem brauche ich das Amulett zurück!" Rocky Oliver klang weinerlich wie ein kleiner Junge, dem jemand das Spielzeugauto weggenommen hatte.

Lieselotte spürte, wie sich ihre Härchen im Nacken aufstellten.

Der Privatdetektiv, den Rocky gleich darauf als Mr Taubner anredete, war gut informiert. Er wusste von Waldi, dem Schlitzohr, und der Arbeitsuniform des Blumenladens, die er verliehen hatte. Er hatte herausgefunden, dass eine Uniform einem kleinen Mädchen geborgt worden war und eine einem Mann mit markant kantigem Gesicht. Das mit dem „kleinen Mädchen" beschloss Lilo Poppi nicht zu sagen, weil sie es bestimmt nicht gerne hörte. Sie war erleichtert, dass für den Detektiv eindeutig feststand, wer der Dieb war: der Mann und nicht Poppi.

„Allerdings hat mir dann ein Augenzeuge berichtet, es hätte da eine kleine Verfolgungsjagd zwischen dem Mann und den Kindern gegeben. Er hätte etwas von ihnen gewollt, was sie aber angeblich nicht besaßen. Eine wirkliche Erklärung habe ich nicht dafür, doch es besteht der Verdacht, dass die Kinder dem Mann das Amulett abgenommen haben."

Rocky sagte darauf zuerst nichts.

„Wer sind diese Kinder? Haben Sie denn schon eine Spur?"

Herr Taubner musste verneinen.

Im Nebenzimmer polterte es heftig.

„Ganz ruhig, immer mit der Ruhe", redete Taubner beschwichtigend auf den Popstar ein. Rocky schien einen Stuhl umgeworfen oder gegen einen Schrank getreten zu haben.

„Ich muss Sie etwas fragen", begann der Detektiv vorsichtig. „Wieso ist Ihnen dieses Amulett überhaupt so wichtig und warum haben Sie die Polizei nicht eingeschaltet?"

Der Popstar setzte zu einer Erklärung an, verstummte dann aber wieder.

„Sie haben keinen Verdacht, wer der Dieb gewesen sein könnte?", forschte Taubner weiter.

„Nein“, kam es fast empört von Rocky.

„Diese Kinder könnten doch große Fans von Ihnen sein?“

„Vielleicht.“

„Wie sie den Dieb bestohlen haben, ist mir noch ein Rätsel“, sprach Taubner seine Gedanken laut aus. „Diese Kinder müssen dabei sehr geschickt vorgegangen sein. Womöglich sind es professionelle Kriminelle, die für eine Organisation arbeiten. Ich komme nicht weiter, solange Sie mir etwas verheimlichen.“

Wieder trat eine lange Pause ein.

„Ich bin gleich wieder da“, versprach Rocky und verließ das Zimmer.

An der Tür zu Nummer 2505 wurde jetzt gerüttelt und geklopft. Einer der Leibwächter verlangte, Lilo solle öffnen. Schnell brachte sie das Glas ins Bad zurück, betätigte die Spülung, und nachdem sie geöffnet hatte, tat sie so, als wäre sie gerade dabei, sich die letzten Knöpfe an der Hose zuzumachen. Vorwurfsvoll sah sie den Mann an.

„Tut mir leid, ich habe eben Bauchschmerzen. Ist das hier nicht erlaubt?“

Der Leibwächter grinste verschämt wie ein kleiner Junge und kicherte in sich hinein. Seine breiten Schultern hüpften dabei auf und ab.

Aus den Augenwinkeln beobachtete Lilo den Popstar. Rocky stand vor der letzten Tür am Ende des Flurs und klopfte sehr vorsichtig daran. Dann flüsterte er etwas, was für Lieselotte wie „... bitte hinein!“ klang.

Wie konnte sie in Erfahrung bringen, wer in diesem Zimmer wohnte? War es die verschleierte Frau, die der Portier erwähnt hatte? Lilo tat so, als hätte sie die Orientierung verloren und ging mit großen Schritten auf Rocky zu.

„He, Moment mal!“ Der Leibwächter war sofort hinter ihr und zog sie an der Schulter zurück.

„Ich möchte zu meinem Vater“, verteidigte sich Lieselotte.

„Vater?“ Der bullige Leibwächter war sofort misstrauisch.

Lilo wusste, sie hatte eben einen Fehler begangen. Herr Schroll hatte sie als seine Assistentin vorgestellt. Sie beschloss, zur Verteidigung einen Angriff zu starten: „Ich bin seine Tochter *und* Assistentin. Das ist doch nicht verboten!“

Rockys Blick hatte sie kurz gestreift, der Star schien aber mit seinen Gedanken woanders zu sein. Die Zimmertür wurde einen kleinen Spalt geöffnet und er schlüpfte durch. Wer sich im Zimmer aufhielt, war nicht zu sehen gewesen.

Herr Schroll war mit dem Leibwächter, der sein Haar zum Pferdeschwanz gebunden hatte, in ein Gespräch vertieft, als Lilo in das Zimmer zurückkehrte. Besorgt musterte er sie. „Bist du in Ordnung? Geht es dir gut?"

Was Lilo gehört hatte, beunruhigte sie sehr. Der Privatdetektiv war mit allen Wassern gewaschen, und sie traute ihm zu, der Knickerbocker-Bande auf die Spur zu kommen. Das konnte nur Schwierigkeiten bedeuten. Vor allem würden die vier erklären müssen, wieso sie sich bei Rocky eingeschlichen und später das Amulett gestohlen hatten. Ob ihnen jemand die Wahrheit abnehmen würde? Zu lange hatten sie gezögert, das Amulett dem Besitzer zurückzugeben. Die Sorge war Lilo anzusehen, sie war ganz bleich geworden.

„Mir geht's gut", antwortete sie, fand aber selbst, dass sie nicht sehr überzeugend klang.

„Big Gunther", Herr Schroll zeigte auf den Leibwächter, „erzählt gerade, was er mit Stars schon alles erlebt hat. Unglaublich!"

Erleichtert, weil ihr Vater nicht weiter nachbohrte, ging Lilo zu den beiden und fragte interessiert: „Sind sie sehr schwierig, die Stars?"

Gunther hatte sich wichtig aufgeplustert und die Arme vor der mächtigen Brust verschränkt.

„Das kann man wirklich so sagen. Schwierig ist der richtige Ausdruck. Allein das Getue rund um seine neue Freundin nervt."

„Die neue Freundin von Rocky Oliver?" Lilo horchte auf.

Der Leibwächter hob abwehrend die Hände. „Rocky zahlt meine Brötchen, also sollte ich auch nichts ausplaudern."

„Wir sagen es bestimmt nicht weiter", versicherte Herr Schroll und lächelte den Mann ermutigend an. „Außerdem hat uns der Hotelportier schon von der verschleierten Frau erzählt."

„Es ist unglaublich." Gunther schüttelte den großen Kopf. „Die Dame rennt tatsächlich den ganzen Tag nur mit diesen Fetzen über dem Kopf herum. Sie schließt sich in ihrem Zimmer ein und lässt den armen Rocky winseln wie einen jungen Hund, bevor sie ihm aufmacht. Ich hätte diese Tussi längst davongejagt. Aber er hängt an ihrem Rockzipfel wie ein kleiner Bengel. Möchte wirklich wissen, was er an ihr findet."

„Wie lange kennt er sie schon?", erkundigte sich Lilo so beiläufig wie möglich.

„Ein paar Tage. Da tauchte sie plötzlich auf und er war völlig verändert. Ich arbeite auch erst seit einigen Wochen für ihn. Bisher war der Typ eher locker und entspannt. Jetzt macht er aber einen auf fröhlich. Ich nehme ihm das jedoch nicht ab."

„Was tut seine verschleierte Freundin den ganzen Tag lang?" Lilo lehnte sich gegen das Fensterbrett und Gunther redete ungebremst weiter.

„Nichts. Sie starrt in die Glotze oder lässt sich Essen vom Zimmerservice bringen."

„Die Reporter haben von ihr noch nichts mitbekommen."

„Gut so, sonst hätte Rocky uns alle wahrscheinlich schon gefeuert. Sein Wachhund, also diese Monique, kennt da kein Pardon. Gibt es eine undichte Stelle in der Mannschaft, werden alle hinausgeworfen. Alle. Deshalb überprüft jeder den anderen, weil niemand seinen Job verlieren will. Eigentlich dürfte ich nicht einmal mit Ihnen reden."

Lilo dachte daran, was sie in den vergangenen Wochen über Rocky gelesen hatte. Poppi und sie tauschten verschiedene Zeitschriften aus und kannten bestimmt jede Geschichte, die erschienen war. Von einer Freundin war nie die Rede gewesen. Vielleicht sollte seine neue Flamme geheim bleiben, damit die weiblichen Fans nicht enttäuscht wären und sich von Rocky abwandten.

Was Lieselotte nicht verstand, war, wieso sich der Star eine solche Zicke zur Freundin genommen hatte. Das passte so gar nicht zu seiner sonnigen und strahlenden Art.

„Morgen Nacht, nach dem Konzert in der Nachbarstadt, will die Schleierfrau unbedingt ausgehen. Das hat sie schon angekündigt. Wir mussten Rockys Doppelgänger dafür engagieren."

Lilo sah Gunther überrascht an. „Rockys Doppelgänger?", wiederholte sie.

Gunther genoss es, die Gäste zu verblüffen. „Er hat einen Doppelgänger, der ihm auf den ersten Blick verblüffend ähnlich sieht. Wollen wir die Reporter in die Irre führen, setzen wir ihn ein. Er verlässt, mit Sonnenbrille und Mütze bekleidet, als wolle er nicht erkannt werden, das Hotel. Wir sorgen dafür, dass alle Fotografen ihm auf die Spur kommen und ihn verfolgen. Sind sie fort, ist die Luft für den echten Rocky frei. So machen wir das auch morgen. Nach dem Konzert wird der Doppelgänger bei der Party auftauchen, die zu Ehren von Rocky im Zuschauerraum der Konzerthalle für ausgewählte Gäste gegeben wird. Wir achten darauf, dass alle Abstand halten und nicht erkennen, mit wem sie es wirklich zu tun haben. Der echte Rocky fährt in einem Wagen mit abgedunkelten Scheiben ins Hotel zurück, holt seine Schleierfrau und bricht dann heimlich mit ihr zusammen auf."

„Wohin?", entfuhr es Lilo etwas zu schnell.

Der Leibwächter war so mit sich selbst beschäftigt, dass er gar nicht bemerkte, dass Lilo ihn aushorchte.

„Das erfahren seine Leibwächter angeblich erst morgen Nacht."

Auf dem Flur waren plötzlich Stimmen zu hören. Gunther bedeutete Herrn Schroll und Lilo zu warten und trat an die Tür. Vorsichtig zog er sie auf.

Sofort verließ Lieselotte ihren Platz am Fenster und versuchte, einen Blick über die Schulter des Leibwächters zu werfen. Ein schäbiges Jackett schob sich draußen vorbei. Rocky folgte.

„… über das Internet mit einem Jungen in Kontakt. Wir haben die E-Mail-Adresse und können ihn vielleicht auf diesem Weg aufstöbern."

Abermals lief Lilo ein kalter Schauer über den Rücken. Mit dem Jungen war Axel gemeint. Er hatte per E-Mail Kontakt mit dem Typ aufgenommen, der sie mit der Blumenladen-Uniform versorgt hatte. War es wirklich möglich, den Besitzer einer E-Mail-Adresse ausfindig zu machen? Falls Axel irgendwelche Daten angegeben hatte, musste sie ihn warnen. Der Schweiß stand ihr auf der Stirn und fieberhaft überlegte sie, wie sie Axel verständigen könnte. Jeder Schritt, den sie hier machte, wurde überwacht. Es schien eine ausweglose Situation zu sein.

Die Lifttür öffnete sich summend.

„Moment mal, wer sind Sie?“, polterte ein Leibwächter los. Gunther trat auf den Flur hinaus, um seinen Kollegen zu unterstützen. Lieselotte hastete zur Tür und warf einen Blick Richtung Lift.

Es war das Kantengesicht. Der eckige Kopf saß direkt auf den Schultern, als hätte ihn der Mann eingezogen. Irgendwie hatte er sich Zutritt verschafft. Vielleicht hatte ein dickes Trinkgeld geholfen.

Der Leibwächter hatte den Typ an der Jacke gepackt und drängte den Mann mit aller Kraft gegen die Wand.

„Moment mal, so können Sie nicht mit Leuten umgehen“, mischte sich Taubner ein, der gerade gehen wollte, und versuchte dem Mann, der in Wirklichkeit der Dieb war, den er suchte, zu Hilfe zu kommen. Lilo kämpfte mit sich, ob sie die Wahrheit ans Licht bringen sollte, doch sie konnte sich nicht dazu entschließen.

„Sie schnüffeln, wir wachen“, schnauzte ihn der Leibwächter an und stieß Taubner unsanft mit dem Ellbogen in den Lift. Die Tür schloss sich langsam und das Kantengesicht drehte sich zu dem Detektiv, der gerade hinter den Metallplatten verschwand.

„Das ist Körperverletzung, was Sie hier betreiben“, schimpfte der Privatdetektiv durch die sich schließende Tür.

Immer noch war Lilo wie versteinert und unschlüssig, was sie tun sollte. Sie beugte sich etwas weiter vor und da geschah es: Der Mann, der am Vortag versucht hatte, das Amulett zu stehlen, bemerkte sie und am Aufblitzen in seinen Augen war abzulesen, dass er sie erkannt hatte. Lilo zuckte erschrocken zurück und presste die Hand auf die Brust. Ihr Herz pochte wie verrückt und das Blut hämmerte in ihren Ohren.

*Was jetzt? Was jetzt? Was jetzt?*, schoss es ihr durch den Kopf.

# IN DER KLEMME

„Wer ist der Typ?“, tönte Rockys Stimme durch den langen Flur.

Der Leibwächter, der sich gerade noch mächtig aufgespielt hatte, ließ das Kantengesicht los und nahm Haltung an.

„Er wollte sich einschleichen.“

„Reporter?“

„Nein, ich bin Komponist!“, log der Mann und lächelte den Star dabei an.

Lieselotte holte tief Luft und machte einen Schritt vorwärts.

„Rocky, ich muss dir etwas sagen“, brachte sie unter Aufbietung aller Kräfte heraus.

Der Amulettdieb schnitt eine Grimasse, um Lieselotte zum Schweigen zu bringen. Das Superhirn ließ sich davon nicht beeindrucken. Sie atmete tief durch und fuhr fort: „Vorsicht vor dem Mann!“

Ein Leibwächter musste den Lift gerufen haben. Die Kabine stand bereit, die Tür war offen. Das Kantengesicht verlor die Nerven, warf sich mit seinem gesamten Gewicht gegen den Wächter, der ihn anfangs festgehalten hatte, schleuderte ihn auf seinen Kollegen und sprang in den Aufzug. Der Angriff war für die Leibwächter völlig unerwartet gekommen. Die Schwergewichte polterten zu Boden. Dabei landete einer sehr unglücklich auf dem Arm des anderen. Ein lauter Schmerzensschrei gellte durch den Flur.

„Du hast mir den Arm gebrochen“, wimmerte der bullige Mann mit zusammengebissenen Zähnen. Gunther kam ihm zu Hilfe. Als er bemerkte, dass sich die Lifttür schloss, wollte er die Hand noch dazwischenstecken, kam aber zu spät. Die Kabine setzte sich nach unten in Bewegung.

„Ruft unseren Mann in der Lobby, er soll den Kerl schnappen!“, brüllte Gunther. Er stürmte zurück zu Rocky und stieß ihn in ein Zimmer. „Nicht verlassen! Hier sind Sie sicher!“

Keiner kümmerte sich um Lilo, die einsam auf dem Flur stand. Gunther riss ein Handy in die Höhe und tippte hastig eine Nummer ein. Sein verletzter Kollege krümmte sich vor Schmerzen auf dem Boden.

„Ich bin's! Aus dem Lift kommt gleich ein …“ Gunther brach mitten im Satz ab. Über dem Lift befand sich eine rechteckige Anzeige, auf der die Zahl 12 aufleuchtete. Das Kantengesicht verließ den Lift schon im 12. Stockwerk. Wollte er über die Treppe flüchten?

„Im zwölften Stock muss sich ein Mann befinden, kleiner Kopf mit Stiernacken und eckigem Kinn. Greif ihn dir!“ Nachdem Gunther aufgelegt hatte, sprang er zu einem Telefonapparat an der Wand und wählte eine kurze Nummer. „Rufen Sie einen Arzt! Ein Unfall. Wahrscheinlich Knochenbruch.“

„Ganz sicher“, kam es gepresst vom Boden.

„Der Notarzt kommt sofort, Robin“, versuchte Gunther seinen Kollegen zu beruhigen.

„Ich kann nichts dafür“, beteuerte derjenige, der auf Robin gestürzt war.

„Es macht dir niemand einen Vorwurf, Eric!“

Herr Schroll trat neben seine Tochter und legte ihr den Arm um die Schulter. Plötzlich nahm Lilo hinter sich ein Geräusch wahr und drehte sich ruckartig um. Im schummrigen Licht der Flurbeleuchtung sah sie eine weibliche Gestalt am Ende des Ganges stehen. Sie musste aus dem Zimmer gekommen sein, in das sich Rocky vorhin den Eintritt hatte erbetteln müssen. Weder vom Körper noch vom Gesicht der Frau war etwas zu erkennen. Lange, dünne Schleier hingen vom Scheitel bis zu den Fersen herab und bewegten sich wogend wie Seetang im seichten Wasser.

Auch Monique kam, vom Lärm alarmiert, aus ihrem Zimmer und wollte erfahren, was los war. Herr Schroll antwortete trocken: „So wie es aussieht, hat Herr Oliver keine Zeit für sein Training. Und ich habe andere Klienten. Daher breche ich wieder auf. Sollte man mich doch noch brauchen, wenden Sie sich bitte an unseren Fitnessclub."

Monique sah ihn an wie einen unerwünschten Eindringling und entließ die Schrolls. Lilo zählte die Schritte bis zum Lift und flehte, die Kabine möge schnellstens kommen und sie fortbringen. Sie hatte keine Lust auf weitere und vor allem ausführliche Erklärungen. Sie warf noch einen letzten Blick zu der verschleierten Frau.

Die seltsame Gestalt in den weißen und dunkelgrauen Schleiern stand noch immer unbeweglich da, hatte den Kopf wie ein Stier gesenkt und gab ein wütendes Schnauben von sich. Was weiter geschah, bekam Lieselotte nicht mit, da der Lift eintraf und ihr Vater sie hineinschob.

Während der Fahrt ins Erdgeschoss musterte er sie von der Seite.

„Kann es sein, dass du mir etwas verheimlichst? Hast du Rocky Oliver vorhin vor dem einen Mann gewarnt? Erkläre mir das bitte!"

Lieselotte wusste, dass sie jetzt eine gute Ausrede brauchte. Die Wahrheit wollte sie nicht sagen. Unter keinen Umständen.

„Instinkt", platzte sie nach kurzem Überlegen heraus. „Es war der Mann aus der Halle. Das war kein echter Komponist. Ich habe sein Gesicht schon einmal in der Zeitung gesehen. Er ist Reporter und mag Skandalgeschichten."

Herr Schroll nickte ernst.

„Da kann dir dieser Rocky Oliver äußerst dankbar sein. Du bist wirklich sehr aufmerksam."

Lilo atmete auf. Ihr Vater hatte also geglaubt, was sie ihm erzählt hatte. Das schlechte Gewissen, ihn angeschwindelt zu haben, meldete sich leise. Bei der nächsten Gelegenheit wollte sie ihm die Wahrheit sagen. Jetzt aber noch nicht.

Die Knickerbocker-Bande hielt ihre Beratung auf dem Dach des Hauses ab, in dem sich die Wohnung der Schrolls befand. Durch Zufall hatte Lilo eine schmale Tür auf dem Speicher entdeckt, die auf einen Metallsteg führte, über den man zu einer kleinen Plattform zwischen den Schornsteinen gelangte. Ein verrosteter Gartenstuhl und die Reste eines Bistrotischchens bewiesen, dass die kleine Terrasse früher tatsächlich genutzt worden war.

Axel, Dominik und Poppi hatten gar nicht viel fragen müssen. Ein Blick in Lilos angespanntes Gesicht hatte gereicht. Sie wussten, Lieselotte hatte einiges erlebt und herausgefunden. Ohne sie auch nur ein einziges Mal zu unterbrechen, lauschten sie ihrem Bericht. Die Strahlen der Sonne waren schon etwas wärmer, der Märzwind blies aber eisig. Poppi zog sich die Jacke fester um die Schultern und Axel begann zu hüpfen, weil ihm sonst zu kalt war.

„Wie ist das mit deiner E-Mail-Adresse? Hast du im Internet ein Formular ausgefüllt mit deinem Namen und deiner Adresse?“, wollte Lilo von ihm wissen.

Axel überlegte kurz und bejahte. „Glaubst du, dieser Detektiv kommt an die Daten heran?“

Lilo atmete heftig aus. „Ich traue ihm einiges zu. Er muss sehr raffiniert und gut sein. Was er in weniger als einem Tag herausgefunden hat, ist unglaublich.“

„Aber das Kantengesicht hat dich erkannt“, sagte Poppi besorgt. „Der Mann weiß, dass du irgendwie mit Rocky zu tun hast, und bestimmt wird er auch versuchen, dich zu finden."

Lilo sah an sich hinunter. Sie trug noch immer den Trainingsanzug, auf den in großen weißen Buchstaben der Name des Fitnessclubs *Jim Anderson* gestickt war. Er prangte auf ihrer Brust und auf ihrem Rücken und war auch aus größerer Entfernung gut lesbar. Ihr Vater hatte einmal erzählt, dass der Besitzer, der tatsächlich Jim Anderson hieß, absichtlich den Namen auf den Jacken so deutlich sichtbar angebracht hatte. Seine Trainer sollten eine Art Litfaßsäule mit Werbung sein.

Dominik ahnte die schrecklichen Gedanken, die Lilo durch den Kopf jagten. Das Kantengesicht konnte bei Jim Anderson anrufen und sich erkundigen, wer das Mädchen war, das bei Rocky Oliver gewesen war. Tat er es unter einem harmlosen Vorwand, würde er schnell erfahren, wie Lilo mit vollem Namen hieß und vielleicht sogar, wo sie wohnte.

„Du musst im Fitnessclub sagen, dass niemand über dich oder deinen Vater Auskunft geben darf!", drängte Dominik und reichte ihr sein Handy. Lilo nahm es widerstrebend. Bestimmt würde man sie fragen, wieso sie das unbedingt wollte, und was sollte sie dann antworten?

„Mach schon!“ Dominik ließ nicht locker.

Das Superhirn der Knickerbocker-Bande wusste die Nummer auswendig und tippte sie ein. Es meldete sich die fröhliche Trällerstimme von Beatrice, dem drahtigen Mädchen am Empfang.

„Hi, Lilo“, jubelte sie, als hätte sich gerade ihre beste Freundin gemeldet.

„Hallo, Beatrice. Du, ich wollte nur sagen, es gibt da ein paar komische Jungen aus unserer Schule. Sie können ihre Stimmen sehr tief verstellen“, flunkerte Lilo los. „Falls sie anrufen und nach mir fragen sollten …“

„Zu spät!“, fiel ihr Beatrice ins Wort. „Schon geschehen. Vor wenigen Minuten hatte ich sie am Apparat. Es war eigentlich nur einer. Er hat sehr weich gespült geklungen und gesagt, es ginge um ein Geschenk für dich. Er ist wohl total in dich verliebt, was?“

Lilo schluckte trocken. „Ja, sehr! Hast du ihm verraten, wo ich wohne?“

„Er hatte eine völlig falsche Adresse“, erzählte Beatrice aufgeregt. „Ich musste ihm doch helfen, damit du zu deinem Geschenk kommst.“ Erst jetzt fiel ihr Lilos Betretenheit auf. „War das falsch?“

„Nein, nein“, beruhigte Lilo sie. „Alles bestens.“ Hastig verabschiedete sie sich und beendete das Gespräch. Sie wandte sich ihren Freunden zu. „Kantengesicht weiß, wo ich zu finden bin. Bestimmt lässt er sich nicht viel Zeit, um herzukommen und sich das Amulett zu holen."

„Ohne das Amulett tritt Rocky heute Abend wieder nicht auf", warf Poppi ein.

„Es wäre am einfachsten, es zurückzugeben. Direkt diesem Rocky Oliver", schlug Dominik vor.

Lieselotte gab ihm nickend Recht. Axel war aber nicht einverstanden.

„Leute, auch wenn wir es Rocky zurückgeben, wird dieses Kantengesicht noch immer hinter uns her sein, weil er das Ding bei uns vermutet. Bestimmt kommt Kantengesicht nicht, um ein Stück Torte mit uns zu essen. Was haltet ihr davon, es diesem Typ auszuhändigen. Ich halte ihn für äußerst gefährlich."

Dominik tippte sich mit dem Finger an die Stirn. „Hast du einen Defekt hier oben? Wir geben doch einem Dieb seine Beute nicht zurück!"

„Wir gehen zu mir und verstecken uns in unserem Haus. Papa behauptet, wir hätten die sicherste Alarmanlage der Welt", platzte Poppi heraus. Die anderen drehten sich überrascht zu ihr.

„Wie meinst du das?", wollte Dominik wissen.

„So, wie ich es sage. Meine Adresse kennt weder

dieser Detektiv noch der Dieb. Bei mir sind wir sicher. Wir sperren die Haustür hinter uns ab und schalten die Alarmanlage ein. Papa hat doch ständig Angst um seine Entwicklungen und Aufzeichnungen. Die Firma, für die er arbeitet, hat ihm die ganze Sicherheitsanlage einbauen lassen. Wenn jemand bei uns über den Zaun klettert, geht sofort der Alarm los. Wir haben sieben Überwachungskameras im Garten und am Haus. Jedes Fenster ist gesichert. Steigt jemand ein, heulen Sirenen los, die in den Ohren wehtun."

„Fürs Erste nicht schlecht", stellte Axel fest.

Dominik zog das Amulett aus der tiefen Tasche seines Mantels und ließ es in der Luft baumeln. Die Sonnenstrahlen fingen sich im Kristall, der sie in kleine Blitze verwandelte, die nach allen Seiten geschleudert wurden. Winzige grelle Lichtpunkte spiegelten sich in den Augen der vier Knickerbocker wider.

„Spürt ihr das auch?", fragte Lieselotte mit belegter Stimme. „Dieses Amulett strahlt eine Kraft aus. Eine magische Kraft."

„Quatsch!" Von Magie und Zauberei wollte Axel nichts wissen.

„Zauberei gibt es nicht." Dominik war anzuhören, wie albern er Lilos Gefühl fand.

„Es muss eine geheimnisvolle Kraft in dem Amulett stecken", sagte Poppi ehrfürchtig. Sie konnte den Blick nicht von dem Kristall wenden. Tief in seinem Inneren glaubte sie winzige dunkle Augen zu erkennen, die sie anglotzten. Der Dämon hingegen, der den Kristall umklammert hielt, wirkte leblos und kalt.

Auf einmal hellte sich Poppis Gesicht auf. „Mir ist noch etwas eingefallen."

„Schieß los!“ Lieselotte verscheuchte zwei Tauben, die über ihr auf dem Rand eines Schornsteins trippelten und gurrten.

„Rocky hat doch eine große Fanpage im Internet. Dort gibt es auch ein Gästebuch, in das man Grüße an ihn richten kann. Schreiben wir doch hinein, dass wir mehr über das Amulett wissen und er sich an uns wenden soll.“

Davon hielt Dominik nichts. „Das liest der Typ doch nie.“

„Doch, liest er schon!“, verteidigte Poppi den Star. „Es erscheinen oft Antworten bei den Einträgen. Manchmal dauert das nicht länger als ein paar Minuten.“

Lilo schnalzte mit der Zunge. „Einen Versuch wäre es wert.“

Missbilligend schüttelte Dominik den Kopf. „Ich finde, ihr macht aus einer Mücke einen Elefanten. Poppi ist gestern in Schwierigkeiten geraten, weil sie bei dem Überfall anwesend war und man sie leicht für den Dieb hätte halten können. Deshalb haben wir das Amulett zurückgeholt. Jetzt sollten wir es einfach in einen Umschlag stecken und an Rocky Oliver schicken. Damit wäre der Fall erledigt.“

„Was bist du? Ein echter Knickerbocker oder ein Feigling?“, fragte ihn Axel herausfordernd. „Dann erfahren wir doch nie, was es mit diesem komischen Ding auf sich hat.“

„Außerdem habe ich den dringenden Verdacht, dass Rocky in großen Schwierigkeiten steckt und dass seine Probleme mit dem Amulett zu tun haben“, ergänzte Lilo.

Dominik spitzte die Lippen und spottete: „Und wenn der zuckersüße Rocky-Bubi in Schwierigkeiten steckt, müssen ihm die tapferen Engel Lilo und Poppi natürlich zu Hilfe kommen.“

Die Mädchen schnitten eine Grimasse. Da Axel, Lilo und Poppi mittlerweile heftig fröstelten, machten sie sich auf den Rückweg ins Haus. Dominik, der seinen wadenlangen Mantel trug, in dem er wie ein feiner alter Herr aussah, rief ihnen nach: „Und ich bin nicht feige. Damit das klar ist! Außerdem ist mir nicht kalt, weil ich gut angezogen bin.“

„Ja, Herr Professor“, rief Axel zurück.

Dominik schnaubte verärgert, weil seine Freunde sich oft über seine komplizierte Art zu reden und seine Kleidung lustig machten. Dominik fühlte sich auch in einem Anzug wohl und den Mantel hatte er von einem alten Onkel geerbt, der seine Größe gehabt hatte.

„Keinen Geschmack, diese Leute“, schimpfte er vor sich hin, während er über den schmalen Steg

balancierte. Links und rechts ging es steil nach unten. Sieben Stockwerke tiefer befand sich die Straße. Dominik klammerte sich am dünnen Handlauf fest und seine zitternden Beine brachten den Steg zum Klappern. Der Knickerbocker war nicht schwindelfrei und hatte das Gefühl, das Dach, der Steg und die Schornsteine würden sich um ihn drehen.

Lilo, die sich in der schmalen Tür, die auf den Speicher führte, zu ihm umgedreht hatte, sah ihn wanken und rief: „Nicht hinunterschauen. Nur nach vorn!“

Dominik tat genau das Gegenteil und warf einen weiteren Blick in die Tiefe.

Im Schritttempo bewegte sich ein dunkelblauer Wagen auf der Straße am Haus vorbei. Er hielt und auf der Fahrerseite stieg ein untersetzter Mann aus. Sein Kopf saß direkt auf den Schultern. Als sein Blick an der Fassade nach oben wanderte, zeigte er sein kantiges Gesicht.

Allen Mut zusammennehmend warf sich Dominik nach vorn in Richtung Tür. Die Freunde griffen nach seinem Mantel und zerrten ihn auf die Öffnung zu.

„Was sollte das denn? Du hättest abstürzen können!“, fuhr ihn Axel an.

„Kantengesicht“, stieß Dominik hervor.

# DOMINIKS GROSSER AUFTRITT

Die Bande stand in der Metalltür zusammengedrängt, die vom Speicher ins Treppenhaus führte. Alle vier zitterten vor Anspannung. Lilo wagte sich ein paar Schritte nach vorn, beugte sich über das Geländer und konnte nun bis ins Erdgeschoss blicken. Falls Kantengesicht schon im Haus war und die Treppe heraufkam, müsste sie ihn sehen. Sie hielt die Luft an und lauschte, ob Schritte zu hören waren.

Es tat sich nichts. Keine Geräusche waren zu vernehmen. Aus dem Haus drangen nur gedämpft Musik, Stimmen eines Fernsehprogramms, der Streit von zwei aufgebrachten Nachbarn und das Bellen eines Hundes.

„Der Kerl ist schnell", meldete sich Axel leise von

hinten. Lilo drehte sich zu ihm und machte ein bekümmertes Gesicht. Ja, das Kantengesicht schien mit allen Wassern gewaschen zu sein und war wild entschlossen, das Amulett des Superstars in seinen Besitz zu bringen. Der Drang, den Anhänger vor dem Gauner zu beschützen, wurde immer größer in Lieselotte.

„Was machen wir jetzt?“, wollte Poppi wissen.

Lilo fiel ein einziger Ausweg ein. „Von der Dachterrasse führt ein zweiter Steg ins Nachbarhaus. Ich habe ihn schon ausprobiert, und wenn die Luke auf den Dachboden nicht abgeschlossen ist, können wir Kantengesicht entwischen.“

Dominik wurde blass. „Noch einmal auf das Dach? Nein, ohne mich.“ Er hatte sich sehr zusammenreißen müssen, als sie das erste Mal zu der kleinen Terrasse balanciert waren. Auf dem Rückweg war es ihm nicht gelungen und ein drittes Mal setzte er seinen Fuß ganz bestimmt nicht auf diesen wackeligen Steg.

„Bitte Dominik, es ist der einzige Ausweg. Sonst rennen wir dem Mann genau in die Arme.“ Lilo schob ihre Freunde entschlossen auf den Speicher zurück und redete beschwörend auf Dominik ein. Stumm schüttelte er den Kopf.

„Moment mal!“, meldete sich Axel. „Kantengesicht hat Dominik gestern doch nur einmal kurz gesehen."

Dominik nickte bestätigend. „Ich habe nur versucht, in seinem Wagen etwas zu finden, was vielleicht wichtig wäre. Es gab aber nichts."

„Du hast gestern nicht diesen Uropamantel angehabt, sondern deine braune Lederjacke", fuhr Axel fort. „Du hast deine Brille getragen, klar, und deinen Musterschülerscheitel gehabt."

„Ich finde deine Bemerkungen nicht komisch", zischte Dominik beleidigt.

Lilo ahnte, worauf Axel hinauswollte.

„Es gäbe da einen Spezialauftrag für dich, der uns allen den Kopf retten würde", fuhr Axel fort.

„Was für einen Spezialauftrag?" Noch war Dominik misstrauisch.

Axel hatte vorhin auf dem Speicher etwas gesehen, was der Bande jetzt nützlich sein konnte. Er drehte sich um und holte einen verstaubten Filzhut, der zwischen ein paar morschen Kisten gelegen hatte. Hastig schüttelte er ihn aus und setzte ihn Dominik auf den Kopf. Nachdem er seinem Freund die Brille von der Nase gezogen hatte, musterte er ihn prüfend.

Poppi streckte den Daumen in die Höhe. Auch sie verstand, was Axel vorhatte.

„So kann er dich nicht wiedererkennen", stellte Axel zufrieden fest. „Du siehst ein bisschen wie ein alter Studienrat aus, der unter der Dusche eingegangen ist."

„Das bekommst du alles zurück", drohte Dominik, dem im Augenblick aber nichts einfiel, was er Axel an den Kopf schleudern konnte.

„Tut mir leid, tut mir leid, ich wollte dich nicht ärgern", lenkte sein Kumpel sofort ein. „Dominik, es geht jetzt darum, dass du dem Feind entgegentrittst. Geh die Treppe hinunter und verlass das Haus! Ich wette, du begegnest ihm, und hoffentlich spricht er dich an."

„Wieso hoffentlich?" Dominiks Stimme war ungewohnt schrill. „Ich habe keine Lust, dem Typ in die Arme zu rennen."

„Er weiß nicht, wer du bist, aber er könnte dich nach uns fragen. Dann zeig, was du als Schauspieler drauf hast."

„Du meinst …?" Jetzt verstand auch Dominik. „Ich soll ihm ein Märchen auftischen und behaupten, wir seien weggefahren. Über das Wochenende nach Buxtehude oder so."

Die anderen drei nickten im Takt.

Dominik holte tief Luft und erklärte sich einverstanden.

„Wir hauen durch das Nachbarhaus ab“, fuhr Lilo fort. „Bei Poppi treffen wir uns wieder. Von unterwegs verständige ich Mutti, dass wir Poppis Tiere versorgen müssen.“

„Was auch stimmt“, ergänzte Poppi.

„Ich werde Mutti dann später erzählen, dass ein Tier krank wäre und wir bei ihm bleiben müssen.“

„Ich komme nach“, versprach Dominik.

„Aber geh auf Nummer sicher“, schärfte ihm Axel ein. „Kantengesicht darf dir wirklich nicht folgen.“

„Wofür hältst du mich? Das ist doch sonnenklar!“, empörte sich Dominik.

Lilo klopfte ihm anerkennend auf die Schulter. „Spitze, dass du das machst! Das könnte sonst keiner von uns.“

Geschmeichelt lächelnd hob Dominik die Hand zum Abschied, drehte sich um und verließ den Dachboden. Er hatte erst wenige Stufen zurückgelegt, als er unten das Haustor zufallen hörte. Dann tauchte das Kantengesicht auf. Dominik machte extraviel Krach. Der Mann sollte ihn kommen hören und vor allem glauben, dass er in einem höheren Stockwerk zu Hause war. Damit war jeder Verdacht beseitigt, dass er etwas mit Lieselotte zu tun haben könnte.

Je tiefer Dominik kam, desto heftiger schwitzte er

unter seinem Mantel. Er spürte die Feuchtigkeit am Rande seines Hutes.

Hin und wieder warf er einen schnellen, unauffälligen Blick über das Geländer. Kantengesicht bewegte sich wie ein Panter, der sich langsam an seine Beute heranschlich. Schließlich war die Begegnung unvermeidlich: Dominik stand am oberen Ende der Treppe zum zweiten Stock, Kantengesicht am unteren. Fröhlich pfeifend setzte der Knickerbocker seinen Weg fort. Er spürte sein Herz gegen den Brustkorb hämmern.

Sollte er den Mann gar nicht beachten? Oder grüßen? Als er knapp neben ihm war, kam ihm der Zufall zu Hilfe. Der Mann stolperte, rutschte von einer Stufenkante ab und prallte gegen Dominik.

„Tut mir leid", knurrte er und wollte weiter. Dominik war enttäuscht. Der Plan der Knickerbocker-Bande klappte nicht. Kantengesicht wollte von ihm gar nichts wissen. Um Zeit zu gewinnen und den Abstand nicht zu groß werden zu lassen, tat Dominik so, als hätte ihm der andere wehgetan. Er hielt sich die Schulter und gab ein vorwurfsvolles „Aua" von sich. „Es tut mir leid, habe ich schon gesagt", kam es brummig von Kantengesicht. Der Mann reckte den Kopf, als könnte er den kurzen Hals verlängern. Dominik musste weitergehen, sonst würde er sich verdächtig machen. Er fühlte sich wie ein Versager.

Zwei Stufen später hörte er den Typ hinter sich rufen: „He, du!"

Nur mühsam gelang es Dominik, ruhig zu bleiben, einfach weiterzugehen und so zu tun, als hätte er nichts bemerkt.

„He, du!", wiederholte der Mann lauter. Jetzt erst drehte sich Dominik um. Seine Beine fühlten sich an wie Gummi und seine Hand hinterließ am Geländer einen feuchten Abdruck.

„Meinen Sie mich?", fragte er arglos.

„Ist ja sonst keiner da!" Kantengesicht wirkte äußerst angespannt und nervös.

„Wohnst du hier?"

„Ja."

„Kennst du dieses Mädchen? Lieselotte Schroll?"

„Ja."

„Die hat doch auch Freunde. Nicht wahr?"

„Ja."

„Kannst du auch was anderes sagen als ‚Ja'?", brauste der Mann auf, bekam sich aber sofort wieder unter Kontrolle und murmelte ein „Entschuldige. War nicht so gemeint."

Am liebsten hätte Dominik kehrtgemacht und wäre gerannt. Er zwang sich, ruhig zu atmen.

„Weißt du, Lieselotte und ihre Freunde treiben Schabernack mit mir. Sie haben mir ein paar Streiche gespielt, für die ich mich jetzt revanchieren will. Diesmal …“, er kicherte verschwörerisch, „… spiele ich den Streich.“

Als wäre ihm das völlig egal, starrte Dominik auf den obersten Hemdknopf des Mannes. Der Kragen war zu eng und der dicke Nacken platzte fast heraus. „Lilo ist nicht da. Ihre Freunde auch nicht. Sind vorhin weggefahren. Die kommen erst nächste Woche zurück. Sie hat einen Onkel, der ein eigenes Flugzeug besitzt. Mit dem sind sie fort. Ich glaube nach Italien.“

Der Mann schloss die Augen und atmete dann zischend aus.

„Den Streich können Sie ihr auch nächste Woche spielen. Ich verrate ihr nichts“, versprach Dominik. Herablassend fügte er hinzu: „Diese Lilo ist eine Nervensäge. Macht sich immer so wichtig. Ihre Freunde und sie, sie spielen sich als Detektive auf.“

Diese Nachricht ließ den Mann interessiert aufblicken.

„Weißt du sonst noch was über sie?“, fragte er drängend.

„Ich habe Lilo und eine Freundin heute Morgen gesehen. Vor dem Haus. Lilo hat sich schrecklich aufgeplustert und von diesem Rocky Oliver geredet. Das ist ein Popstar, nach dem wohl alle Mädchen verrückt sind."

„Habe schon von ihm gehört", bemerkte der Mann, der den Eindruck machte, als würde er Dominik am liebsten an den Schultern packen und alle Informationen aus ihm herausschütteln.

Um es noch interessanter und spannender zu machen, redete Dominik besonders langsam weiter.

„Lilo hat von einem Amulett erzählt, das sie angeblich von Rocky Oliver zur Aufbewahrung bekommen hat." Dominik lachte trocken. „Als ob ein Star wie der einer hässlichen Bohnenstange wie Lilo etwas geben würde!"

„Ein Amulett? Soso!" Der Mann zitterte vor Aufregung. Er musste sich sehr beherrschen, Dominik nicht mit Fragen zu bestürmen.

Ganz nebenbei, als wäre es ihm völlig egal, sagte Dominik: „Ich glaube, sie hat diesem Rocky das Amulett sogar heute zurückgegeben und will jetzt eine Belohnung kriegen. Aber die kommt doch nie an einen solchen Star heran. Stars sind immer gut bewacht. Sie hat sich wieder einmal nur wichtig gemacht."

Das Kantengesicht stürmte an ihm vorbei die Treppe hinunter.

„He, was ist denn los?“, rief ihm Dominik nach.

Der Mann riss das Haustor auf und stürzte auf die Straße. Dominik trat an eines der Fenster im Flur, von dem aus er die Straße vor dem Haus überblicken konnte. Der blaue Wagen wurde sehr hastig ausgeparkt und stieß gegen das Auto dahinter. Mit heulendem Motor und quietschenden Reifen raste das Kantengesicht davon.

„Gut gemacht, Dominik“, lobte sich der Knickerbocker selbst und machte eine leichte Verbeugung, wie beim Schlussapplaus auf der Bühne.

# SCHWESTERN DES BÖSEN

Der „Chef“ mied das Tageslicht. Normalerweise verließ er das Zimmer nie, bevor es draußen dunkel war. Er selbst nannte sich „Kreatur der Nacht“, Feinde hingegen bezeichneten ihn als den „Grottenolm“. Diesen Schimpfnamen verdankte er seiner hellen teigigen Haut, an die nie ein Sonnenstrahl kam.

An diesem Samstag handelte es sich um einen Notfall. Nachdem der Boss von Lancelot die Meldung erhalten hatte, dass das Amulett wahrscheinlich an Rocky Oliver zurückerstattet worden war, beschloss er, die Sache selbst in die Hand zu nehmen. Zwar schickte er Lancelot los, um dem Rockstar den Anhänger noch einmal zu stehlen, doch er rechnete nicht mit einem Erfolg. Der Chef vermutete das Amulett in ganz anderen Händen und aus denen wollte er es sich holen.

Der Aluminiumkoffer, den er unter dem Bett versteckte, enthielt eine Sammlung von Perücken, falschen Bärten, Kontaktlinsen, Brillen, aufklebbaren Augenbrauen und eine fleischfarbene Gummimaske, mit deren Hilfe man sich stärkere Wangenknochen, Nase und Ohren formen konnte. Mit einem Gummikleber wurden die Teile am Gesicht befestigt.

So hässlich und unansehnlich der Chef tagsüber war, wenn nur Lancelot in seine Nähe kommen durfte, so stattlich konnte er am Abend aussehen. Er benötigte meistens ein bis zwei Stunden, um sich ein maßgeschneidertes Gesicht zu basteln, das zum Foto in einem der zahlreichen Reisepässe passte. Mehr als zwanzig verschiedene Namen und Identitäten konnte der Mann annehmen. Er beherrschte fünf Sprachen und bisher war es ihm noch immer gelungen, alle zu täuschen.

Wer sein schmuddeliges Zimmer in dem heruntergekommenen Hotel sah, hätte nie vermutet, dass der Mann bereits Reichtümer angehäuft hatte. Auf geheimen Konten bei obskuren Banken auf Inseln irgendwo in der Karibik lagen Hunderttausende von Dollar. Doch das war dem Mann viel zu wenig.

Er war davon getrieben, noch mehr in seinen Besitz zu bekommen. Der größte Coup, den er jemals gewagt hatte, stand an diesem Abend bevor. Es ging um eine Summe, mit der man bequem zehn große Villen kaufen konnte.

Dafür musste er aber das Amulett um den Hals tragen. Tat er das nicht, würde er es nicht schaffen, das Geld an sich zu bringen. Es würde in andere Hände fallen und das wollte er mit allen Mitteln verhindern. Zu lange hatte er auf diesen großen Tag hingearbeitet.

Es war kurz vor fünf Uhr nachmittags, als er den kleinen Platz mit dem verfallenen Brunnen überquerte und auf die rote Holztür mit den goldenen Sternen zusteuerte. Er las das Schild über dem Eingang und seine Lippen formten stumm den Namen *Sphärenkling-Klang*.

Wieder einmal hatte der Mann sein Können als Meister der Verwandlung unter Beweis gestellt. Die glatten Wangen und das eckige Kinn erinnerten an die Gesichtszüge eines Filmstars. Unter den leicht gewellten dunklen Haaren hätte niemand eine Glatze vermutet. Zur Sicherheit, da sich die Gummimaske rund um die Augen manchmal löste, trug er eine Sonnenbrille. Er wusste, dass die Masken im Schutz der Dunkelheit der Nacht oder bei künstlichem Licht jedem Blick standhielten. Das grelle Tageslicht aber konnte ihm gefährlich werden.

Quer über dem kleinen Schaukasten neben der Ladentür klebte ein Papierstreifen. „Wegen Renovierung vorübergehend geschlossen“ stand darauf mit Filzstift geschrieben. Der Mann grinste kurz in sich hinein. Lancelot hatte ganze Arbeit geleistet und die totale Verwüstung hinterlassen. Die „Renovierung“ würde wohl länger dauern.

„Oder die Mädchen ‚hexen‘“, dachte der Mann höhnisch lächelnd. Er trat an die rote Tür und lauschte. Drinnen wurde gehämmert. Er hoffte, die Person anzutreffen, die ihm in dieser Situation nützlich sein konnte. Seine Hand, die in einem dünnen fleischfarbenen Lederhandschuh steckte, fasste nach dem Türgriff und drückte leicht. Zu seiner Freude ließ sich die Tür widerstandslos öffnen. Es war also nicht einmal abgeschlossen. Mit einem hellen Klicken sprang sie nach innen auf.

„Geschlossen. Wir haben erst wieder ab Ende nächster Woche geöffnet“, rief eine Frauenstimme durch den dicken Vorhang, der den Blick auf den Laden versperrte.

„Ach, schade“, hüstelte der Mann und schloss die Tür hinter sich. Die Frau musste denken, er sei wieder gegangen. In Wirklichkeit stand er hinter dem

Vorhang, schob ihn einen Spaltbreit auseinander und spähte in den Raum. Ein Bild der Verwüstung bot sich ihm. Mit einer schnellen Handbewegung holte er einen kleinen Revolver aus der breiten Manteltasche. Mit der anderen Hand riss er den Vorhang zur Seite und machte einen großen Schritt nach vorn.

Rechts an der Wand war eine Frau mit violetten Haaren damit beschäftigt, ein Bild, das Hexen zeigte, die um ein loderndes Feuer tanzten, an die Wand zu nageln. Mit ärgerlicher Miene drehte sie sich um. Entsetzt riss sie die Augen auf, als sie die Waffe in der Hand des unerwarteten Besuchers bemerkte.

„Was …?“ Mehr brachte sie nicht heraus.

„Schließ ab!“, befahl der Mann, der sich manchmal Kalvin nannte. Als die Frau sich nicht sofort in Bewegung setzte, wiederholte er den Befehl schärfer. Sie ließ Hammer und Nagel fallen und bewegte sich seitwärts Richtung Tür, den Blick starr auf den Revolver gerichtet. Bekleidet war sie an diesem Nachmittag mit einem schwarzen T-Shirt und einer weiten, ausgebeulten schwarzen Hose. „Wage es nicht, die Tür zu öffnen!“, warnte Kalvin.

Die Frau hatte große Mühe, ihre heftig zitternde Hand unter Kontrolle zu halten. Zweimal rutschten ihre Finger ab und erst beim dritten Anlauf bekam sie den Schlüssel zu fassen, der innen im Schloss steckte.

„Kalvin?", fragte sie krächzend.

Der Mann antwortete nicht, sondern bedeutete ihr, sich von der Tür fortzubewegen. Um zu beweisen, dass sie bestimmt keine faulen Tricks plante, hob die Frau die Arme. Der lila Lidschatten leuchtete in ihrem käseweißen Gesicht, aus dem alles Blut gewichen war.

„Deine Schwester hat etwas, was mir gehört", sagte Kalvin mit gefährlich ruhiger Stimme. „Du wirst sie jetzt anrufen und herbestellen. Sie soll denken, es sei hier alles in bester Ordnung und sich sicher fühlen. Vor allem muss sie das Amulett bei sich haben. Sonst wird euch beide einmal der böse Zauber treffen."

Die violett geschminkten Lippen von Madame Elisa bebten.

„Es wurde ihr gestohlen", keuchte sie.

„Sie hat es zurückbekommen", erwiderte Kalvin kaltherzig.

„Ich … ich habe nichts damit zu tun. Es war allein ihre Idee."

„Ihr zwei gebt nicht nur vor, mit den Mächten des Bösen im Bund zu sein", sagte Kalvin, der sich langsam auf Elisa zubewegte. „Ihr seid selbst das Böse. Und das Böse ist immer zum Untergang verurteilt."

„Tun Sie mir nichts, bitte!", bettelte Elisa, die von ihrer Schwester einiges über Kalvin wusste. Kalvin hatte vor mehr als drei Wochen mit ihnen Kontakt aufgenommen, weil er sich für ihre Dienste interessierte. Er hatte erfahren, dass die Schwestern schwarze Magie anboten. Sie behaupteten, Macht über das Leben anderer Menschen bekommen zu können. Ohne sich diesen Menschen zu nähern, nur mit Beschwörungen und Sprüchen, gelang es ihnen angeblich, Leuten Krankheiten und Unglück an den Hals zu hexen. Kalvin hatte sich eine Kostprobe ihrer Künste geben lassen und war verblüfft gewesen: Tatsächlich trat die versprochene Wirkung ein. Die Frauen verfügten über dunkle Kräfte.

Er war durch eine Anzeige in der Zeitung auf sie gestoßen und die Treffen hatten an immer anderen, sehr verborgenen Orten stattgefunden. Nachdem ihm sein Amulett entwendet worden war, hatte eine fieberhafte Suche nach den Schwestern begonnen. Vor drei Tagen hatte er endlich, als er es schon fast nicht mehr zu hoffen gewagt hatte, die entscheidenden Hinweise bekommen: zuerst auf den Verbleib des Amuletts, dann auf den Aufenthaltsort der Schwestern des Bösen.

Bei den ersten Begegnungen mit ihnen hatte er nicht geahnt, wie dunkel und hinterhältig sie waren. Als er es entdeckt hatte, war es schon zu spät gewesen und sein Schlüssel zu großem Reichtum war bereits nicht mehr in seinem Besitz.

„Ruf deine Schwester an", befahl er, die Stimme drohend gesenkt. „Aber Achtung: Ein falsches Wort, eine versteckte Warnung, und du wirst es bereuen! Bitter bereuen!"

Elisa sank in sich zusammen.

„Ich weiß nicht, wo sie ist", kam es piepsend von ihr, die sonst mit ihren Kunden immer mit tiefer, rauchiger Stimme redete.

Wortlos reichte ihr Kalvin den Brief ihrer Schwester, in dem auch ihre Handynummer stand.

„Wir haben sie geortet. Sie hält sich bei diesem Sänger auf. Muss ihn wohl in ihren ‚Bann' geschlagen haben. War wirklich eine raffinierte Idee, ihm das Amulett umzuhängen. Der Bursche ist Tag und Nacht von Leibwächtern umgeben und eine Art wandelnder Tresor. Dummerweise wird er aber auch ständig fotografiert. Damit hat das feine Schwesterchen wohl nicht gerechnet. Vor drei Tagen lief ein Interview mit dem Kerl im Fernsehen und was sehe ich da an seinem Hals baumeln? Mein Amulett!"

Gehorsam begann Elisa zu wählen. Das Telefon stand auf dem Boden und war mit giftgrünem Fell überzogen.

Stolz berichtete Dominik seinen Freunden, wie er das Kantengesicht in die Irre geführt hatte. Die Knickerbocker-Bande hielt sich in Poppis Zimmer auf, einem großen Raum mit hohen Bogenfenstern im ersten Stock der Villa der Monowitschs. Hier kam man sich vor wie in einem kleinen Zoo. In geräumigen Käfigen lebten zwei Kaninchen, zwei Hamster, drei Meerschweinchen und zwei Ratten. Poppi achtete sehr auf Sauberkeit und war gerade dabei, die Streu in den Käfigen zu erneuern. War sie nicht da, kümmerte sich Frau Rettich, die Haushälterin der Familie, um die Vierbeiner.

Am Computer saß Axel. Er lehnte in einem Drehstuhl und trommelte mit den Fingern neben der Maus auf die Tischplatte. Wie von Poppi vorgeschlagen, hatte die Bande in das Gästebuch auf Rocky Olivers Website folgenden Text eingetragen: „Wir wissen, wo sich das Amulett befindet, das du suchst. Melde dich hier und sag, ob du mit uns in Verbindung treten willst!“

Die Eintragung war bereits eine Stunde alt, aber bisher war eine Reaktion darauf ausgeblieben.

In einer Ecke lief ein kleiner Fernsehapparat. Die Moderatorin einer Popsendung, die leicht singend redete und ständig mit den Augen rollte, verkündete, dass Rocky Oliver das Konzert des Vortages heute nachholen wollte.

„Keine Pause, wie vorgesehen! Rocky geht es wieder gut, er ist fit und freut sich auf seine Fans“, leierte sie ihren Text herunter.

„So wichtig scheint das Amulett dann doch nicht zu sein“, stellte Lilo trocken fest. Nach einem Videoclip tauchte die merkwürdige Moderatorin wieder auf. Sie schwenkte einen Zettel und verkündete aufgeregt: „Neueste Meldung aus dem Hotel, in dem Rocky eine ganze Etage gemietet hat! Feueralarm auf seinem Stockwerk! Wodurch das Feuer ausgebrochen ist, steht noch nicht fest.“

Die Knickerbocker wechselten fragende Blicke. Sie hielten das Feuer nicht für einen Unfall.

„Das hat etwas zu bedeuten“, murmelte Lilo. Sie hatte die Hände in die Seitentaschen ihrer Trainingsjacke gesteckt und blickte nachdenklich vor sich hin. Auf einmal erhellte sich ihre Miene und sie zog eine weiße Plastikkarte mit braunem Magnetstreifen heraus. „He, damit haben wir noch immer Zutritt zu Rockys Etage“, erklärte sie strahlend.

Axel wandte sich vom Bildschirm ab und drehte

sich zu ihr. „Du hast doch von den Leibwächtern erzählt. Die lassen uns bestimmt nicht einmal aus dem Lift."

Lilo schnippte mit den Fingern. „Der Portier kann uns bestimmt helfen. Ich wette, er erinnert sich noch an mich. Er war redselig. Vielleicht sollte ich ihn noch einmal besuchen und über das Feuer ausfragen."

„Tu das! Aber zieh was anderes an und setz dir eine Kappe auf, falls du dem Kantengesicht über den Weg läufst", riet ihr Dominik.

Genervt warf Axel die Arme in die Höhe. „Die Idee mit der Website ist Schrott. Da tut sich überhaupt nichts."

„Hab noch Geduld!", sagte Lilo und stand auf. Aus dem Schrank ihrer Mutter holte Poppi eine lange Jacke, die Lilo über den Trainingsanzug anziehen konnte. Axel borgte ihr seine Baseballkappe.

„Wenn ihr hier eine Nachricht bekommt, ruft mich sofort an", verlangte Lilo.

„Ich komme mit", bot Dominik an. Lieselotte war sofort einverstanden.

„He, und uns lasst ihr hier mit dem Amulett allein?", beschwerte sich Axel.

Poppi hatte eine Idee. „Wir können es in den Tresor legen. Ich kenne die Kombination."

„Machen wir! Sicher ist sicher!“ Dominik reichte Axel das Amulett, der es neben sich auf den Schreibtisch legte. Ein leises Klimpern ertönte. Überrascht wanderte Axels Blick über den Schreibtisch und blieb an einer flachen Plexiglasschale hängen, in der Büroklammern lagen. Sie bewegten sich, als wären sie lebendig.

Zuerst glaubte Axel, sich geirrt zu haben. Als die Klammern aber weiterhin ruckten und dabei ein leises Klicken verursachten, hob er die Hand, um seine Freunde zu sich zu winken. Lilo und Dominik hatten aber bereits das Haus verlassen und Poppi war nach draußen gegangen, um aus der Küche frische Karotten für die Tiere zu holen. Er war allein und konnte niemandem zeigen, was er gerade beobachtet hatte.

Der Spuk war auch schon wieder vorbei. In der Schale herrschte Ruhe, die Klammern lagen still.

Mit beiden Händen rieb sich Axel das Gesicht, als müsste er wach werden. Hatten ihm seine Augen vielleicht einen Streich gespielt? Er starrte auf das Amulett. Bewegungslos lag es auf der Schreibtischplatte. War es für das seltsame Rucken der Büroklammern verantwortlich? Besaß es tatsächlich magische Kräfte, wie Lilo behauptete?

Um sich abzulenken, klickte Axel mit der Maus

auf den Knopf, um das Bild der Website zu erneuern. Nur so konnte er feststellen, ob sich etwas getan hatte und eine Antwort von Rocky oder einem seiner Helfer gekommen war. Enttäuscht atmete er aus. Nichts. Es war alles wie schon vor einer Stunde. Die Nachricht der Knickerbocker-Bande stand zwar da, aber sie schien niemanden zu interessieren.

Axel griff nach dem Amulett und hob es hoch.

Noch immer lief der Fernseher. Die Moderatorin hüpfte durch das Studio und warf sich gerade auf ein grasgrünes Sofa. Axels Blick hing am Bildschirm, ohne genau zu sehen, was dort ablief. Seine Gedanken waren bei dem Amulett, das die Bande seit einem Tag in Atem hielt. Weil er sich immer bewegen musste, wenn ihn etwas sehr beschäftigte, stand er auf und machte ein paar Schritte.

Die Moderatorin im Fernsehen begann, sich auf einmal zu verformen. Sie schien zu einer Kugel gepresst zu werden und den Rest des Bildes dabei mitzuziehen. In der Mitte des Bildschirms bildete sich ein bunter, sehr heller Punkt, der Rest rundherum wurde immer dunkler.

Was ging da vor sich? Was hatte das zu bedeuten?

Das Bild wurde noch stärker komprimiert, der Punkt strahlte immer greller auf einer sonst fast schwarzen Fläche. Der Ton lief aber normal weiter.

Handelte es sich um einen gewollten Effekt der Sendung? Axel machte einen Schritt nach vorn, um nach der Fernbedienung zu greifen. In der Verkleidung des Fernsehgerätes gab es einen kurzen, dumpfen Knall. Die Luft roch auf einmal elektrisch und durch die schmalen Lüftungsschlitze quoll Rauch. Der gleißende Punkt am Bildschirm war verglüht, das Gerät kaputt.

An seiner Hand baumelte das Amulett, als wollte es sagen: „Habe ich das nicht gut gemacht?"

Axel fasste sich mit der anderen Hand an den Kopf. Was hatte das zu bedeuten? Was hatte er gerade gesehen? Er glaubte wirklich nicht an Magie. Trotzdem kam ihm das, was er eben selbst erlebt hatte, sehr unheimlich und bedrohlich vor. Er wollte Lilo alarmieren, doch sie meldete sich nicht. Ihr Handy schaltete auf die Mobilbox und dort wollte Axel keine Nachricht hinterlassen.

# DIE ÜBERGABE

Der müde Portier mit dem schütteren grauen Haar und den geröteten Augen war noch immer im Dienst.

„Drei Kollegen sind krank und deshalb muss ich für sie einspringen“, beschwerte er sich seufzend bei Lilo. Er deutete mit der Hand auf die Reporter, die in der Halle die Sofas belegten. Mehrere Fotografen belagerten die Lifttüren, die Kameras knipsbereit gezückt.

„Seit der Meldung vom Feuer ist hier die Hölle los. Zwei Fotografen haben versucht, als Etagenkellner verkleidet zu diesem Sänger vorzudringen.“

„Was war das für ein Feuer?“, erkundigte sich Lilo und bemühte sich, ihre Stimme ganz beiläufig klingen zu lassen.

Der Portier verzog spöttisch den Mund. „Diese Stars ticken nicht richtig. Die Frau Direktor tobt vor Wut und hat verlangt, dass der Schaden sofort bezahlt wird. Im letzten Zimmer des Ganges hat dieser Verrückte in einer Blumenvase eine Art Lagerfeuer entfacht."

„Im letzten Zimmer?", wiederholte Lieselotte alarmiert.

„Ja, wieso?"

„Ach, nur so." Lieselotte zuckte mit den Schultern und lächelte gleichgültig.

„Die Vase ist gekippt, das Feuer hat den Teppich verschmort und die Brandmelder sind angesprungen. Wir haben eine Sprinkleranlage, die das Zimmer unter Wasser gesetzt hat. Diese schwarzhaarige Kobra, die Mr Oliver ständig umlagert, hat nichts Besseres zu tun, als zu schimpfen, dass seine Frisur jetzt zerstört sei."

Dominik beugte sich zu Lilo und flüsterte: „Ist das nicht das Zimmer der Verschleierten?" Seine Knickerbocker-Freundin nickte.

Erst jetzt fiel dem Portier ein, Lilo nach dem Grund ihres zweiten Besuchs im Hotel zu fragen.

„Du gehörst doch zu diesem Sporttrainer? Seid ihr noch einmal gerufen worden?"

„Nein, hat mich nur so interessiert", antwortete

Lieselotte wahrheitsgemäß. Der erschöpfte Portier nahm es kommentarlos zur Kenntnis.

Lilo und Dominik sahen sich suchend um. Lauerte das Kantengesicht in der Nähe? Im Augenblick konnten sie den Mann nirgendwo sehen.

In der 25. Etage wurde die Tür eines Zimmers aufgerissen. Die verschleierte Frau, die auf dem Bett kauerte und unruhig mit den Beinen wippte, fuhr in die Höhe.

Wie eine Rachegöttin rauschte Monique herein und baute sich vor der Frau auf. Die Hände in die Seite gestemmt, die Augen zu schmalen Schlitzen zusammengekniffen, fauchte sie: „Hör zu, du ‚Wesen'! Es ist mir egal, wer du bist. Nicht egal ist mir aber, was du mit Rocky aufführst. Du schadest ihm, kapiert? Falls du das möchtest, dann werfe ich dich eigenhändig hinaus. Falls du es vielleicht – was ich allerdings nicht annehme – doch gut mit ihm meinst, dann rück endlich mit der Wahrheit heraus! Was redest du ihm für Nonsens ein? Wieso ist er so verstört? Warum hängt er an diesem dämlichen Amulett? Weshalb hast du mit ihm diesen hirnverbrannten Feuerzauber veranstaltet?"

Die verschleierte Frau, die inzwischen aufgestanden war, machte zwei Schritte nach hinten, um mehr Abstand zwischen sich und Monique zu bringen, die mit jedem Satz näher gerückt war und zornig die Fäuste ballte.

Monique verlor die Nerven und schrie. „Rede endlich!"

Ein Zucken war die einzige Reaktion ihrer Gegnerin, die sich langsam noch weiter wegbewegte.

„Du stehst gleich am Fenster. Wirst du springen?", fragte Monique giftig und setzte drohend Fuß vor Fuß.

Da die Verschleierte noch immer keinen Ton von sich gab, redete Monique einfach weiter. „Rocky kann dir jetzt nicht helfen. Er ist unterwegs zur Konzerthalle und falls er heute nicht auftritt, lasse ich dich von den Wachleuten an einen Ort bringen, der sehr weit weg ist. Ich schwöre es dir, du hast hier nichts mehr zu suchen. Ich werde Rocky aus deinen Fängen befreien."

Die Frau hob unter den Schleiern die Arme und richtete die gespreizten Zeige- und Mittelfinger auf Monique. Dazu murmelte sie etwas, was eindeutig nach einem Fluch klang.

„Was soll das? Verzauberst du mich jetzt?"

Big Gunther trat vom Flur ins Zimmer und reichte Monique einen Zettel. Sie überflog ihn und wandte sich dann wieder der verschleierten Gestalt zu. „Es hat sich jemand gemeldet, der weiß, wo sich das gestohlene Amulett befindet.“

Wieder zuckte die andere Frau zusammen. Sie richtete sich auf und hob fragend den Kopf, ohne ein Wort zu sagen.

„Was ist mit diesem Amulett?“, fuhr Monique sie zornig an.

Unter dem Schleier kam eine leise, flüsternde Stimme hervor. „Rocky braucht es zurück. Sonst ist er des Todes.“

„Was?“ Monique stürmte auf die Frau zu, packte sie an den Oberarmen und tat, was sie schon die ganze Zeit hatte tun wollen. Sie schüttelte sie heftig und riss ihr dann mit einem Ruck die Schleier vom Kopf. Darunter kam das blasse babyhafte Gesicht einer jungen Frau zum Vorschein. Feindselig funkelte sie Monique an und strich sich nervös pinkfarbene Haarsträhnen aus der Stirn. Monique zog die Stirn kraus, als sie in unwirklich grün leuchtende Augen blickte.

„Nimm deine Hände von mir“, befahl die Frau leise. „Und sag, wer sich gemeldet hat! Wir müssen mit ihm in Kontakt treten.“

Ein hohes Zirpen ertönte. Die Frau griff in eine Rocktasche und beförderte ein Handy heraus, das überhaupt nicht zu ihrer übrigen geheimnisvollen

Erscheinung passte. Sie drückte die Empfangstaste und hielt es ans Ohr.

„Elisa?“, hauchte sie fragend.

Monique konnte eine aufgeregte Stimme hören. Die Miene der jungen Frau wechselte von Erstaunen zu Fassungslosigkeit.

„Was? Aber ich habe es nicht. Es ist gestohlen worden. Der Dieb hat sich gemeldet.“ Auf einmal redete sie normal, wenn auch sehr gepresst und atemlos. „Ich komme natürlich, wenn du es sagst. Aber vorher muss ich versuchen, das Ding zurückzubekommen. Oder soll ich nicht?“ Die Antwort der Anruferin fiel positiv aus. „Ja, ich mache das. Sobald ich mehr weiß, rufe ich dich zurück. Ist alles in Ordnung? Du klingst so komisch!“ Die Anruferin schien sie mehr schlecht als recht zu beruhigen.

Nachdem die Frau ihr Handy abgeschaltet hatte, wandte sie sich an Monique. Sie hatte wieder den verklärten Blick aufgesetzt und redete hauchend. „Wer weiß mehr über das Amulett? Wir brauchen denjenigen schnell.“ Elisa hatte ihrer Schwester durch einen verschlüsselten Satz mitgeteilt, dass sie sich in Gefahr befand. Die junge Frau konnte sich zusammenreimen, wie die Gefahr aussah. Kalvin musste sie ausfindig gemacht haben. Sie hatte ihn unterschätzt. Er war ein viel gerissenerer Gauner, als sie gedacht hatte. Vor allem aber war er eiskalt und schreckte vor nichts zurück. Sie hatte große Angst um Elisa.

Monique führte sie zwei Zimmer weiter an einen Computer. Ein pickeliger Bursche lümmelte sich auf dem Drehstuhl vor dem Gerät und tippte gelangweilt Antworten und Kommentare zu den Eintragungen der Fans. Mit dem Finger klopfte er auf den Bildschirm, auf dem er die Botschaft der Knickerbocker-Bande hervorgehoben hatte.

Die Frau mit den pinkfarbenen Haaren las gespannt die Zeilen und begann, an ihren Fingernägeln zu kauen.

„Es ist wichtig. Es geht …“, sie warf einen Seitenblick zu Monique, „… um Rockys Leben. Das Amulett muss sofort an einen ganz bestimmten Ort gebracht werden. Wir müssen der Person, die es besitzt, einen hohen Finderlohn anbieten, damit sie es bestimmt hinbringt.“

„Wir zahlen nicht“, erklärte Monique hart.

„Ich zahle!“, versprach die Frau.

„Wir können zu dieser Eintragung eine Antwort schreiben.“ Ungeduldig klopfte Monique mit der Schuhspitze auf den Boden.

Die junge Frau überlegte ein paar Sekunden und diktierte dann eine kurze Nachricht.

Monique gab dem Burschen am Computer ein Zeichen zu tippen. Mit nur zwei Fingern begann er, umständlich auf die Tasten zu klopfen. Als er fertig war, schaltete er den Text frei, der sofort darauf im Internet zu lesen war.

In der Villa der Monowitschs rief Axel aufgeregt nach Poppi, die im Garten ihre beiden Lamas mit frischem Heu versorgte. Aus dem Fenster im ersten Stock winkte ihr Axel zu. „Antwort! Wir haben eine Antwort bekommen!"

Poppi verteilte hastig den Arm voll Heu in der Futterraufe und stürmte dann hinauf zu Axel. Er lief vor dem Schreibtisch hin und her und stürzte an den Computer, als sie eintrat.

„Lies! Das ist unglaublich!"

Poppi beugte sich vor und sprach leise mit, was auf dem Bildschirm stand.

„Bringen Sie das Amulett in den Laden von *Sphärenkling-Klang*! Die Adresse lautet: Lindenwalder Platz neun. Wir zahlen zehntausend Euro Finderlohn."

Poppi und Axel sahen einander ungläubig an. Axel trat an Poppis Bett, über das eine helle Tagesdecke geworfen war. In der Mitte lag das Amulett. Mit spitzen Fingern griff Axel nach dem Lederband und ging mit dem Anhänger sogleich zurück zum Computer.

„Schau dir das an!“ Poppi deutete auf den Bildschirm, auf dem die Buchstaben in die Länge gezogen wurden und sich, genau wie vorhin auf dem Fernseher, in der Mitte zu einem hellen Punkt ballten. Axel schleuderte das Amulett zurück auf das Bett, worauf der Spuk sofort vorbei war.

„Verstehst du das?“, wollte Poppi wissen.

Axel schüttelte langsam den Kopf. Abermals versuchte er, Lilo auf dem Handy zu erreichen, aber wieder hob sie nicht ab.

„Was machen wir?“ Poppi blickte fragend zu ihrem Knickerbocker-Freund.

„Gar nichts, bevor wir nicht mit den anderen gesprochen haben.“

Diese Antwort reichte Poppi nicht. „Wenn Rocky einen so hohen Finderlohn anbietet, dann muss ihm wirklich viel an diesem Amulett liegen. Wir bringen es zum Laden.“

„Wieso dorthin? Warum nicht ins Hotel oder zur Konzerthalle?“, wunderte sich Axel.

„Vielleicht, damit man nicht erfährt, dass das Amulett für ihn so wichtig ist“, sagte Poppi, ohne selbst wirklich an diese Erklärung zu glauben.

„Irgendetwas ist da faul“, brummte Axel.

Entschlossen nahm Poppi den Anhänger vom Bett. „Das Ding muss eine ganz bestimmte Kraft haben, die Rocky braucht. Wenn du nicht mitkommen willst, gehe ich eben allein."

Verständnislos sah Axel sie an. „Wie kann man nur so verknallt sein in einen Typ, der kaum einen richtigen Ton herausbringt."

Wütend pflanzte sich Poppi vor ihm auf. „Rede nie wieder so über Rocky!", sagte sie scharf.

Weil er im Moment keinen Streit wollte, machte Axel eine beschwichtigende Handbewegung und nahm Poppi das Amulett ab. Als es in seiner Hand lag, wirkte es wieder völlig unauffällig und harmlos. Nur der kaputte Fernseher erinnerte an die Kraft, die in dem Anhänger steckte.

„Warum hebt Lilo nicht ab?", schimpfte Axel, während er mit Poppi die Treppe hinunterging.

„Zehntausend Euro", sagte Poppi ehrfürchtig. „Ich finde, wir sollten auf den Finderlohn verzichten. ‚Gefunden' haben wir dieses Amulett schließlich nicht."

Davon aber wollte Axel nichts wissen.

„Ohne uns würde dein Rocky es überhaupt nicht mehr zurückbekommen. Wenn es ihm so viel wert ist, dann können wir uns freuen."

„Wohin willst du?“ Monique packte die Frau hart am Handgelenk. Diese hatte den wallenden Stoff des Rockes mit beiden Händen gerafft und steuerte auf den Lift zu.

Das Gesicht zu einer wütenden Fratze verzerrt fuhr die „Hexe“ zu ihr herum.

„Du kannst dich entscheiden: Entweder ich rette Rocky jetzt vor einem fürchterlichen Ende oder aber du machst dich weiter wichtig und er wird qualvoll vor die Hunde gehen!“ Sie sprach so eindringlich und glaubhaft, dass Monique sie losließ und entsetzt anstarrte.

„Was ist das alles? Was soll das? Treibst du ein raffiniertes Spiel? Hast du Rocky irgendwie unter Kontrolle? Verabreichst du ihm Drogen?“

Die Frau richtete den linken Zeigefinger auf Monique. Der lange Fingernagel war aufgeklebt und kupferrot lackiert. Winzige Glitzersteinchen formten einen fünfzackigen Stern, dessen Spitze auf Monique deutete.

„Du bist mit Mächten verbündet, die Rocky schaden“, verkündete sie mit tiefer, hohler Stimme. Es hörte sich an, als würde jemand anders sprechen. Ihre Augäpfel kippten nach oben, sodass nur noch das Weiß und die dünnen roten Adern des Augapfels zu sehen waren. Ein schauriger Anblick. „Du zerstörst ihn. Ich kann ihn retten", fuhr die Unheimliche fort. Sie wirkte wie in Trance, als hätte sie Zugang zu einer anderen Welt. „Weiche von ihm, weiche von mir! Weiche, sonst werden dich die Dämonen der Zerstörung befallen!"

Monique starrte die junge Frau ungläubig an. Ein paar Augenblicke lang hatte sie sich von der Vorstellung beeindrucken lassen, nun aber reichte es ihr. Suchend sah sie sich nach den Leibwächtern um. Drei hatten Rocky zur Konzerthalle begleitet, nur Big Gunther war hiergeblieben, hatte sich aber offensichtlich zurückgezogen. Das Kinn energisch vorgestreckt, den Rücken ganz steif, bewegte sich Monique auf die Frau zu. Diese wich im gleichen Tempo zurück, sodass sich der Abstand zwischen den beiden nicht verkleinerte.

Die Flüchtende hatte den Lift bereits erreicht und drückte einen Knopf. Der Aufzug erschien sofort. Mit einem schnellen Schritt war die Frau darin.

„Moment, so einfach geht das nicht!" Monique hetzte ihr hinterher. Aus der Lifttür sauste ein Schuh. Er traf Monique mit voller Wucht an der Hüfte. Sie verlor das Gleichgewicht, stürzte und musste tatenlos zusehen, wie sich die Schiebetür surrend schloss und sich der Lift in Bewegung setzte.

Mit einem erleichterten Aufatmen lehnte sich die Frau an die Rückwand der Liftkabine. Sie fuhr in die Tiefgarage des Hotels und wollte von dort auf die Straße gehen und ein Taxi nehmen.

Natürlich war es jetzt wichtig, ihrer Schwester zu helfen. Noch wichtiger aber schien es, das Amulett in die Hände zu bekommen. Nur noch wenige Stunden trennten sie von einem Moment, der sie unvorstellbar reich machen konnte. Bestimmt tauchte die Person, die das Amulett zurzeit hatte, beim *Sphä-*

*renkling-Klang*-Laden auf. Die junge Frau plante, den Überbringer abzufangen und ihm das Amulett einfach wegzunehmen.

Für ihre Schwester konnte das schlimme Folgen haben, doch ihre Gier nach Reichturm war größer als die Liebe zu ihrer nahen Verwandten. Lange genug hatten sich die beiden mühsam mit ihren kleinen Betrügereien und dem Hexentheater über Wasser gehalten. Es war Zeit, ein neues Leben zu beginnen. Auch wenn es andere in Gefahr brachte. Darum konnte sie sich nun wirklich nicht kümmern.

## ERWISCHT!

Mit großen, raschen Schritten eilte ein Mann in einem abgenutzten Tweedsakko durch die luxuriöse Hotelhalle. Er hatte den Kragen aufgestellt und hielt den Kopf nach vorn gebeugt, als wollte er sein Gesicht verbergen.

Lilo erkannte Herrn Taubner, den Privatdetektiv, aber sofort wieder. Schnell drehte sie sich so, dass sie ihm den Rücken zukehrte. Vorsichtig spähte sie in seine Richtung und war erleichtert, als er zum anderen Ende steuerte und den Rufknopf für den Lift drückte. Suchend klopfte er die Taschen seines Sakkos ab, wühlte darin herum, schien aber nicht zu finden, was er brauchte. Im Laufschritt kam er zurück und es blieb Lilo keine Zeit, sich unauffällig zu verziehen.

Taubner blieb direkt neben ihr an der Rezeption stehen und winkte dem Portier.

„Ich muss zu Rocky Oliver, habe aber meine Magnetkarte vergessen. Taubner ist mein Name, rufen Sie oben an, er erwartet mich."

Der Portier musterte ihn misstrauisch und griff nach dem Telefon. Während er den Mann im Auge behielt, wählte er eine Nummer.

Nervös zupfte Taubner an seinem Sakko. Der Großteil der Wand hinter der Empfangstheke war verspiegelt, was Lilo und Dominik zu spät auffiel. Lieselottes Augen und die des Detektivs trafen sich im Spiegel. Sein Blick wanderte tiefer und blieb an der Jacke von Poppis Mutter hängen, die offen stand und unter der deutlich der Trainingsanzug des Fitnessclubs zu sehen war.

„Lieselotte Schroll", zischte er, ohne die Lippen zu bewegen. Lilo starrte ihn versteinert vor Schreck an. Leise redete er weiter, gerade so laut, dass Lilo ihn hören konnte. „Ich wollte Rocky gerade melden, dass die Tochter seines Fitnesstrainers das gesuchte Amulett hat."

„Das kann ich erklären", verteidigte sich Lieselotte sofort. Dominik bemerkte erst jetzt, dass Lilo Ärger zu haben schien, und trat hinter ihrem Rücken hervor.

Der Portier hatte leise am Telefon gesprochen, legte auf und wandte sich an den Detektiv.

„Mr Oliver erwartet sie in seiner Garderobe in der Konzerthalle. Sie sollen sofort zu ihm kommen."

Taubner murmelte ein Danke und wandte sich wieder den Knickerbockern zu.

„Wir arbeiten mit Ihnen zusammen", bot Lilo an.

Der Detektiv verzog das Gesicht. „Zusammenarbeiten? Was soll denn das heißen?"

„Wir wissen eine Menge und wir haben das Amulett tatsächlich."

„Ich rufe besser die Polizei." Taubner zückte sein Handy. Schnell drückte Lilo seine Hand hinunter.

„Nein, nicht. Bitte nicht! Wir können Ihnen das erklären."

„Das Amulett. Gib es mir!", verlangte Taubner.

„Axel und Poppi haben es. Ich rufe sie an." Diesmal war es Lieselotte, die ihr Handy aus der Jacke holte. Auf der Anzeige war zu sehen, dass Axel bereits neunmal angerufen hatte. Lilo stöhnte leise auf. „Ich habe das Handy auf lautlos gestellt. Darum habe ich nichts gehört." Sie wählte Axels Nummer und schnappte aufgeregt nach Luft, als er nach zweimaligem Klingeln abhob. Sie verstand ihn allerdings nicht. Er schien sich an einem Ort aufzuhalten, an dem der Empfang sehr schlecht war. Aus dem Hörer kam nur Rauschen. Lieselotte formte mit den Händen eine Muschel über dem Mikrofon des Handys und rief hinein, Axel solle sich schnellstens melden, sobald er besseren Empfang habe. Danach brach die Verbindung ab.

„Ihr kommt mit!“, befahl der Detektiv.

Lilo und Dominik wechselten einen fragenden Blick, willigten dann aber ein. Als sie mit Taubner die Halle verließen, heftete sich jemand an ihre Fersen. Lancelot hatte von seinem Chef keinen Hinweis erhalten, dass das Amulett gar nicht im Hotel zu finden war, und lauerte noch immer auf eine Gelegenheit, nach oben in den 25. Stock zu gelangen. Da ihm dies bisher nicht gelungen war, beschloss er jetzt, den Detektiv und die Kinder zu verfolgen, die er sofort erkannt hatte.

Immer wieder warf Lilo einen flehenden Blick auf ihr Handy. Sie hoffte, endlich von Axel zu hören. Doch der meldete sich nicht. Natürlich versuchte sie auch selbst, ihn anzurufen, doch sie kam nicht durch und hörte immer wieder eine Tonbandstimme, die ihr mitteilte, dass „der Teilnehmer nicht erreichbar“ sei.

Es waren noch zwei Stunden bis zum Auftritt.

Rocky Oliver war schon so früh zur Konzerthalle gefahren, weil er unbedingt eine letzte kurze Probe mit seiner Band hatte machen wollen. Der Detektiv gelangte problemlos bis zur Tiefgarage des Veranstaltungsgebäudes, rollte die Rampe hinunter, stellte den Wagen ab und bedeutete den beiden Knickerbockern, sich zu beeilen. Lilo und Dominik war klar, dass es keinen Sinn hatte wegzulaufen. Taubner wusste, wer sie waren.

Die riesige Halle wirkte ohne Besucher wie das Innere einer gigantischen dunkelgrauen Muschel. An drei Seiten erhoben sich die Zuschauertribünen, die bis unter das Dach reichten. Die Bühne war der einzige bunte Fleck an der Stirnseite, die riesigen Flachbildschirme glotzten wie drei eckige Augen.

Rocky sang gerade eine romantische Ballade und hielt das Mikrofon mit beiden Händen. Lilo musste einen Augenblick lang lächeln, weil es ihr Lieblingssong war. Beim Singen hatte Rocky die Augen geschlossen. Als die letzten Töne verklangen und er die Augen wieder öffnete, bemerkte er sofort Taubner, brach die Probe ab und kam auf ihn zugeeilt.

„Haben Sie es? Ohne das Amulett ...“ Er brach mitten im Satz ab und deutete mit dem Kopf auf Lilo und Dominik. „Wer sind die?“

„Ganz blicke ich auch noch nicht durch, aber die

zwei können uns bestimmt einiges erklären. Außerdem haben sie zugegeben, dass ihre Freunde das Amulett bei sich tragen." Taubner warf den Knickerbockern einen zweifelnden Blick zu. „Bisher konnten sie diese aber noch nicht erreichen. Angeblich funktioniert das Handy nicht." Er gab zu verstehen, wie wenig Glauben er dieser Erklärung schenkte.

„In meine Garderobe!" Rocky winkte den dreien, ihm zu folgen. Unter normalen Umständen wäre Lilo jetzt schrecklich aufgeregt und sehr glücklich gewesen. Abermals versuchte sie, Axel zu erreichen, aber noch immer bekam sie keine Verbindung. Was war nur los?

„Das darf nicht wahr sein!" Axel hätte sich für seine Dummheit am liebsten selbst eine Ohrfeige verpasst. Der Akku seines Handys war leer. Er hatte sich seit Tagen vorgenommen, es zu laden, es dann aber immer wieder vergessen. Von der nächsten Telefonzelle aus wollte er Lilo anrufen, doch in dem Stadtteil, in dem sie unterwegs waren, schien es keine einzige zu geben.

„Beeil dich!", trieb ihn Poppi an. Sie selbst lief voraus, durchquerte eine enge Gasse und trat auf den gesuchten Platz hinaus. Die Läden hatten alle geschlossen, Leute waren zu dieser Tageszeit nicht unterwegs. Einige der Häuser, die den Platz begrenzten, waren unbewohnt, die Fenster mit Brettern vernagelt. „Wo bleibst du denn?“, rief Poppi nach hinten.

Axel versuchte zum zehnten Mal, sein Handy doch noch in Betrieb zu setzen. Manchmal ließ sich gleich nach dem Einschalten – selbst bei leerem Akku – ein ganz kurzer Anruf tätigen. Darauf hoffte er. Bisher war es ihm aber noch nicht gelungen.

Die rote Holztür von *Sphärenkling-Klang* leuchtete Poppi entgegen. Sie ging darauf zu und griff nach dem Knauf. Neugierig steckte sie den Kopf durch den Türspalt, aber die schweren Vorhänge versperrten ihr den Blick auf das Innere des Ladens. Bevor sie noch ein fragendes „Hallo?“ rufen konnte, schoss durch den Schlitz im Vorhang eine Hand, die sie am Unterarm packte und von der Tür fortriss. Axel, der gerade auf dem Platz ankam, sah, wie seine Freundin in den Laden gezerrt wurde und durch die rote Tür verschwand.

Er blieb erschrocken stehen.

Was hatte das zu bedeuten?

„Poppi?“, rief er.

Die rote Tür fiel wieder ins Schloss. Poppi war verschwunden.

In Rockys Garderobe roch es nach feuchten Handtüchern und kaltem Zigarettenrauch. Der Sänger selbst kauerte auf einem Hocker, die Arme auf die Knie gestützt. Seine Gäste saßen auf der Kante des Sofas. Taubner hatte sich zwischen Lilo und Dominik gesetzt, als müsse er darüber wachen, dass sie nicht die Flucht ergriffen.

Lilo hatte wahrheitsgemäß erzählt, was sich alles ereignet hatte und wieso die Knickerbocker-Bande in den Besitz des Amuletts gelangt war. Ohne ein einziges Mal zu unterbrechen, hatte Rocky Oliver ihr zugehört. Während Lilo redete, wählte Dominik alle paar Minuten Axels Handynummer.

Rocky seufzte tief und vergrub das Gesicht in seinen Händen. Er schüttelte langsam den Kopf, als könne er das alles nicht glauben.

„Es war wirklich so“, bekräftigte Lieselotte.

Der Sänger sah auf und wirkte auf einmal völlig erschöpft.

„Ich bin ein Dummkopf“, stellte er niedergeschlagen fest. „Sie hat mich benutzt.“

Der Privatdetektiv hob fragend eine Augenbraue. „Wie soll ich das verstehen?“

„Sybilla hat schon vor zwei Wochen mit mir Kontakt aufgenommen. Sie hat mir nach einem Konzert, als ich noch Autogramme gegeben habe, einen

Brief zugesteckt.“ Rocky stand auf, öffnete einen Metallkoffer und holte den Brief heraus. Er reichte ihn weiter und Lilo griff danach.

„Böse Mächte wollen von dir Besitz ergreifen“, lautete die erste Zeile. Der Text ging weiter: „Du wirst ein qualvolles Ende nehmen. Gib mir die Chance, dich zu retten! Was ich schreibe, ist wahr.“

Lilo blickte von dem rosafarbenen Papier auf. Rocky Oliver lief vor ihnen hin und her und stieß immer wieder die rechte Faust in die linke offene Hand. Mit einem bedauernden Achselzucken erklärte er: „Ich bin schrecklich abergläubisch. Monique lacht immer über mich. Wer bei mir auf der

Bühne pfeift oder das Wort Strick verwendet, wird sofort gefeuert. Ich besitze einen Koffer voll Glücksbringer und trage sogar bei jedem Konzert …“, verschämt blickte er zu Boden, „… eine ganz bestimmte Boxershorts, die ich damals anhatte, als ich meinen ersten Nummer-eins-Hit aufgenommen habe.“ Mit rotem Kopf ergänzte er schnell. „Natürlich wird sie jeden Tag gewaschen. Der Stoff ist schon ganz dünn.“

Dominik grinste still in sich hinein.

„Was Sybilla mir da geschrieben hat, hat mich nicht mehr losgelassen und ich habe Kontakt mit ihr aufgenommen. Sie kam sofort und bot an, ständig in meiner Nähe zu bleiben. Ihre Bedingung war, dass niemand jemals ihr Gesicht sehen dürfe. Nur ich. Sie hat mir das Amulett umgehängt und mich beschworen, es Tag und Nacht zu tragen, aber keinem zu zeigen. Sie hat mir die Karten gelegt, die Gefahren dargelegt, die mir drohen, und immer wieder versichert, sie könne sie abwehren, wenn ich ihr vertraute.“

Der Detektiv verschränkte die Arme vor der Brust. „Das ist alles? Deswegen haben Sie Himmel und Hölle in Bewegung gesetzt? Um einen Talisman wieder aufzutreiben, haben Sie ein Vermögen ausgegeben?“, fragte er entgeistert.

„Ich habe immer Angst“, brach es aus Rocky heraus. „Es ist ein tolles Gefühl, wenn dir tausende Fans zujubeln. Ich will, dass das nie zu Ende geht. Ein anderes Leben kann ich mir nicht vorstellen. Ich will nicht zurück in die winzige Wohnung, in der meine Eltern leben. Ich möchte berühmt bleiben. Und reich.“

Dominik hatte mit großen Augen Rockys Bericht verfolgt.

„Diese Sybilla ist eine Betrügerin und hat Sie tatsächlich benutzt: Als sicheren Aufbewahrungsort. Tag und Nacht geschützt von Leibwächtern. Niemand kann an Sie heran. Und sie war bei Ihnen ebenfalls gut aufgehoben. Verschleiert, nicht erkennbar.“

Rocky schlug sich mit der flachen Hand auf seine Stirn.

„Vor ein paar Tagen dann dieses TV-Interview! Ich war so nervös, dass ich das Amulett aus dem Hemd gezogen und damit gespielt habe.“

„Diese Aufnahme muss der wahre Besitzer des Amuletts gesehen haben. So ist er auf die Spur gekommen. Deshalb auch der Überfall.“ Dominik lehnte sich zurück und erntete einen bewundernden Seitenblick des Detektivs.

Lilo interessierte sich noch für das Feuer im Hotel. „Wieso ist es ausgebrochen? Hat diese Sybilla ein Lagerfeuer im Zimmer veranstalten wollen?"

Zuerst schwieg Rocky betreten und starrte auf die Spitzen seiner ausgetretenen Sportschuhe.

„Sie hat behauptet, das Unglück mit einem kleinen Opfer für einige Stunden von mir fernhalten zu können."

„Opfer?", wiederholte Lilo in einem Tonfall, als hätte sie sich verhört.

Rocky bejahte mit verlegenem Grinsen. „Sie hat Geldscheine verbrannt."

Dominik verzog den Mund bei so viel Dummheit. Was er hier hörte, steigerte seine Sympathie für den Popstar nicht gerade.

„Mir ist die Sache auf einmal komisch vorgekommen", setzte Rocky leise fort. „Sybilla stellte sich ständig vor die Vase, in der sie das Feuer entzündet hatte. Ich dachte auf einmal, sie könnte vielleicht die Geldscheine gar nicht hineingetan haben. Deshalb wollte ich selbst einen Blick darauf werfen. Sie tat sehr empört und stieß mich zur Seite – und dabei fiel die Vase um."

Den Rest der Geschichte konnte Lilo sich denken.

„Monique wird das nächste Jahr nur über mich lachen", seufzte Rocky und ließ den Kopf hängen.

Lieselotte knetete ihre Nasenspitze. Sie überlegte,

was als Nächstes geschehen sollte. Was war das Wertvolle an diesem Amulett? Wieso hatte Sybilla es dermaßen sorgfältig und einfallsreich versteckt? Es musste ein großes und besonders kostbares Geheimnis bergen. Wieder versuchte Lilo, Axel anzurufen und wieder erhielt sie nur die Mitteilung, dass er nicht erreichbar sei. Sie wählte die Nummer von Poppis Festnetzanschluss, doch auch dort meldete sich der Anrufbeantworter. Wo waren Poppi und Axel geblieben?

# VOODOONADELN

Unschlüssig bewegte sich Axel auf die rote Tür von *Sphärenkling-Klang* zu. Was sollte er jetzt machen? Die Tür aufreißen und in den Laden rennen? Bestimmt war Poppi jetzt schon zehn Minuten dort drin. Er warf einen Blick auf seine Armbanduhr. Nein, es war erst eine Minute vergangen. Trotzdem durfte er nicht länger warten.

„He, du!"

Eine junge Frau stand plötzlich neben ihm. Axel war in Gedanken bei Poppi gewesen und hatte ihr Kommen deshalb nicht bemerkt. Abwesend sah er die Frau an und seine Augen weiteten sich erstaunt, als er ihre knallrosa Haare sah. Um die Schultern trug sie eine Stola aus Samt und ihr weiter Rock bestand aus vielen dünnen Stoffstreifen.

„Wieso glotzt du so?“ Die junge Frau machte eine auffordernde Bewegung mit dem Kopf, als er nicht gleich antwortete.

Axel schluckte trocken. „Was ist das für ein Laden? Kennen Sie ihn?“

„Flüchtig. Warum?“

„Wir … ich … also … es geht um etwas … das sollen wir hinbringen.“ Da er die Tür im Auge behielt, entging ihm das Flackern in den Augen der Frau. „Meine Freundin ist vorausgegangen und ich glaube, sie ist in den Laden hineingezogen worden. Gepackt und gezerrt, verstehen Sie?“

„Ach, wirklich?“

„Ich möchte die Polizei rufen, aber mein Handy hat keinen Saft mehr.“

„Was sollst du denn in den Laden bringen? Geht es um eine Lieferung?“

„Nein, das ist eine ganz komische Sache.“

Völlig unerwartet verlangte die Frau: „Gib das Amulett her! Es gehört mir!“

Erschrocken zuckte Axel zusammen und warf ihr einen ängstlichen Blick zu.

„Nein, das Amulett gehört Rocky Oliver.“

Die Frau verzog höhnisch den Mund. „Es gehört mir. Er hat es nur für mich aufbewahrt. Leider nicht sehr gut. Bitte, gib es jetzt her! Ich brauche es dringend – und zwar sofort." Sie streckte ihm die offene Hand fordernd entgegen.

Axel musterte die Frau, die aussah, als sei sie sehr schnell gelaufen. Auf ihrer Stirn glänzten Schweißperlen und auf den Wangen hatte sie rote Flecken.

„Nein, das kann ich nicht. Wir hatten mit Rocky Kontakt …"

„… auf seiner Website. Ich weiß. Und ich habe euch geantwortet und euch hierherkommen lassen. Zufrieden? Ist das Beweis genug, dass du mir vertrauen kannst?"

„Meine Freundin …"

„Sie ist sicher im Laden. Gib mir das Amulett und geh nachsehen!"

Sybilla wusste, dass sie den Jungen in größte Gefahr brachte, doch es war ihr völlig gleich. Hauptsache, sie bekam das Amulett. Nur das zählte für sie.

Unschlüssig stand Axel da und trat von einem Bein auf das andere. Selten zuvor hatte er sich so hilflos gefühlt. Wenn doch Lilo bei ihm wäre! Sie wüsste bestimmt, was er jetzt tun sollte.

„Nein", hörte er sich sagen.

„Was? Spinnst du? Ich hol gleich die Bullen, du kleiner Dieb!", fauchte ihn Sybilla an.

„Zuerst will ich, dass Poppi wieder aus dem Laden kommt."

„Gib das Amulett her!“, fuhr ihn Sybilla an.

Mit einem Quietschen öffnete sich die rote Tür und eine schlanke Frau trat auf den Platz hinaus. Ihr Haar leuchtete violett und umrahmte ein fast weißes Gesicht. Sybilla schnappte nach Luft.

„Elisa!“

„Und, hast du es?“, lautete die Begrüßung ihrer Schwester.

„Was ist im Laden?“, wollte Sybilla wissen.

Elisa kam mit schnellen Schritten zu Axel und dem Mädchen. Ihr Blick wanderte zwischen dem Knickerbocker und ihrer Schwester hin und her.

„Was soll der Kindergarten?“

„Sie haben das Amulett. Er hat es, besser gesagt.“

Elisas harte Züge um den Mund wurden weicher. „Ach, er hat es. Wieso, verstehe ich zwar nicht, aber das ist egal.“ Sie packte Axel an der Schulter und schob ihn Richtung Laden.

„Lassen Sie das!“, protestierte er.

Schon waren sie an der Tür. Elisa öffnete sie und beförderte ihn mit einem kleinen Stoß in das Halbdunkel des Geschäfts. Gleich hinter dem Vorhang stolperte Axel über etwas, was auf dem Boden lag. Seine Augen brauchten einen Augenblick, um sich an das schummrige Licht zu gewöhnen. Dann aber erkannte er … Poppis Beine!

Erschrocken drehte er sich zu der Frau mit den lila Haaren um. Dämonisch blitzten ihre Augen, die in tiefen Höhlen lagen. Sie hatte den Kopf triumphierend in die Höhe gereckt.

Poppi lag wie tot auf dem Teppich, Arme und Beine von sich gestreckt. Daneben, ebenfalls schlaff und regungslos, war ein Mann zu sehen. Sein Haarteil war verrutscht und von der Wange löste sich ein Hautfetzen. Es sah eklig aus.

„Ein Gift, das sonst nur Schlangen benutzen", erklärte Elisa. „Es lähmt die Opfer völlig, lässt sie aber am Leben. Erst nach drei Tagen sterben sie, wenn sie nicht vorher ein Gegengift erhalten."

Axel war geschockt. Die Stimme der Frau war auf einmal ganz weit entfernt. Die Welt um ihn herum schien zum Stillstand zu kommen. Was waren das für Menschen?

„Wir kennen das Gegenmittel. Wenn wir die nächsten zwei Tage unbehelligt bleiben, rufen wir hier an und geben bekannt, wo der Stoff zu finden ist. Wenn du auf die Idee kommen solltest, zur Polizei zu rennen oder gegenüber irgendjemandem, der uns Ärger bereiten kann, ein Wort zu verlieren, wird das Telefon niemals klingeln."

„Und jetzt das Amulett!", herrschte ihn Sybilla an. Sie versetzte ihm einen groben Stoß in den Rücken, der Axel zum Stolpern brachte. Wie ferngesteuert ließ er die Hand in die Hosentasche gleiten und zog das Gebilde aus Metall und Kristall heraus. Stumm streckte er es den Frauen entgegen. Mit einer schnellen Bewegung entriss es ihm Sybilla.

„Ich muss los!“, erklärte sie.

„Ich komme mit!“, bemerkte Elisa kühl. Sie hatte schon lange geahnt, dass ihre Schwester nicht fair spielte.

Sybilla schenkte ihr ein strahlendes Lächeln, als hätte sie nichts anderes erwartet.

„Klappe halten, klar?“, erinnerte Elisa Axel. Im Hinausgehen sagte sie zu ihrer Schwester: „Mir sind zum Glück die vergifteten Voodoonadeln eingefallen, die ich doch immer bereitliegen habe, falls mich jemand überfällt. Das Gift wirkt tatsächlich in Sekunden.“

„War das mit dem Mädchen denn absolut nötig?“ Sybilla wurde nervös.

„Ein Versehen, ein Ausrutscher. Ich habe erst bemerkt, dass es nur eine kleine Göre ist, als es schon zu spät war.“

Axel krochen eiskalte Schauer über den Rücken und die Arme. Stumm sank er neben Poppi auf den Boden und streichelte ihr über das gewellte braune Haar. Sie sah aus, als ob sie ganz tief schliefe. Er

spürte den Hauch ihres Atems am Zeigefinger, den er ihr vor die Nase streckte.

Was jetzt?

Abermals versuchte er, sein Handy einzuschalten, den letzten Rest aus der Batterie zu quetschen und Lilo endlich zu erreichen.

Die Anzeige leuchtete auf und schnell tippte er ihre Nummer ein. Sie meldete sich gleich beim ersten Freizeichen. Ohne Einleitung oder lange Erklärung nannte Axel heiser die Adresse des *Sphärenkling-Klang*-Ladens und fügte ein „Schnell!“ hinzu. Danach riss die Verbindung ab.

Neunundzwanzig Minuten später kam ein weinroter staubiger Wagen auf dem Platz zum Stehen. Die Türen flogen auf und vier Leute stiegen aus. Einer trug eine große Sonnenbrille und einen Rapperhut tief ins Gesicht gezogen, der andere eine abgenutzte Tweedjacke. Vom Rücksitz sprangen Dominik und Lilo. Axel riss die Tür des Ladens auf und bedeutete ihnen, schnell einzutreten.

Die Betroffenheit über den Anblick der betäubten Poppi war bei Lilo und Dominik genauso groß wie bei Axel. Herr Taubner wollte sofort den Notarzt verständigen, aber Axel griff nach seiner Hand und hielt ihn zurück.

„Nicht, bitte nicht! Diese wahnsinnigen Frauen, die meinen es ernst.“ Er hatte Mühe, zusammenhängende Sätze herauszubringen, erzählte von der Begegnung mit Sybilla und den Voodoonadeln. Der Schock machte seine Zunge schwer. Lilo reimte sich aus den Bruchstücken, die Axel von sich gab, zusammen, was sich ereignet hatte.

„Die beiden haben also das Amulett?“

Axel nickte.

„Dann werden sie es auch verwenden, wofür auch immer."

Rocky rannte in dem engen Laden herum und warf die Arme immer wieder in die Höhe.

„Wieso passiert mir das? Warum falle ich auf eine Verrückte herein?" Sein Handy spielte die Melodie eines seiner Hits. Er hob ab, und noch bevor er sich melden konnte, redete schon jemand laut auf ihn ein. Die anderen verstanden zwar nichts, ahnten aber, wie heftig der Anrufer brüllte.

„Monique, es geht um Leben und Tod!", beteuerte Rocky. „Ich … ja, ich gebe das Konzert. Reg dich ab! Ich melde mich. Vertröstet die Fans." Er drückte die Aus-Taste und fuchtelte mit dem Gerät herum. „Sybilla war total darauf versessen, das Amulett heute Abend wieder zurückzubekommen. Und sie wollte nach dem Konzert unbedingt mit mir ausgehen."

Das wusste Lilo bereits. Big Gunther hatte davon erzählt.

„Wohin wollte sie? Vielleicht finden wir sie dort, und wenn wir sie gefunden haben, dann können wir sie schnappen und sie zwingen, uns das Gegenmittel zu verraten."

Bedauernd hob Rocky die Schultern. „Keine Ahnung. Hab nicht den Schimmer einer Idee! Sie hat immer nur von einer Überraschung geredet."

„Heute hat das Amulett eine besondere Bedeutung? Warum und wieso?", überlegte Lilo laut.

Der Privatdetektiv besaß eines dieser knochenförmigen Handys, das man in der Mitte aufklappen und auch als Mini-Computer benutzen konnte. Er rief eine Seite im Internet auf, die alle wichtigen Ereignisse auflistete, die die Stadt an diesem Abend zu bieten hatte.

„Gala-Dinner zu Ehren einer Prinzessin, das Geld kommt einem Waisenhaus zugute", begann er. Lieselotte schüttelte den Kopf. Es folgten spezielle Nachtführungen durch Museen. Es gab Theatervorstellungen, eine Schmuckpräsentation, dann den Jahrhundert-Jackpot im Casino und die Vorstellung eines neuen Parfüms. Immer wieder schüttelte Lilo den Kopf.

„Jahrhundert-Jackpot", wiederholte Lilo. „Was soll das sein?"

„Ein Jackpot steht für viel Geld", beantwortete Herr Taubner ihre Frage.

„Weiß ich", brauste Lieselotte auf. „Geld, das in vergangenen Spielrunden oder an anderen Spieltagen nicht gewonnen wurde. Aber was ist ein Jahrhundert-Jackpot?"

Der Detektiv hatte eine Telefonnummer neben dem Ereignis stehen und rief im Casino an. Das Gespräch dauerte nur kurz und bestand vor allem aus staunenden Ausrufen. Nachdem er aufgelegt hatte, schüttelte er verwundert den Kopf. „Es handelt sich um die höchste Summe, die jemals in einem Casino gewonnen werden konnte. Heute kann ein Spieler an einem Automaten insgesamt zehn Millionen Euro abräumen. Allerdings nur heute und nur zwischen elf Uhr und Mitternacht. Es gibt keine Garantie, dass jemand tatsächlich die erforderliche Kombination an Zeichen bekommt. Das hängt immer davon ab, an welcher Stelle die Räder mit den Bildern stehen bleiben."

Axel hob den Kopf und starrte auf den Punkt hinter Lilo. Als sie sich umdrehte und seinem Blick folgte, erkannte sie ein Stück abgerissene Tapete mit magischen Zeichen.

„Das Amulett zieht Büroklammern aus großer Entfernung an und bringt Computermonitore zum Spinnen und Bildschirme zum Explodieren", murmelte er, ohne die anderen dabei anzusehen. „Es verhält sich wie bei einem starken ..."

„... Magnet!", beendete Dominik Axels Überlegungen.

„Ein ganz besonderer Magnet", ergänzte Axel.

„Er ist klein und trotzdem verfügt er über eine Stärke, die ich noch nie bei einem Magnet erlebt habe."

Taubner ließ seine Fingerknöchel knacken. „Das klingt verrückt und doch auch wieder nicht. Es ist möglich, mithilfe von Magneten Roulettekugeln zu beeinflussen. Die Spieltische sind daher speziell geschützt. Vielleicht verfügt das Amulett aber tatsächlich über eine magnetische Kraft, mit der es möglich ist, die Rollen der Spielautomaten an der richtigen Stelle zu stoppen. Für ausgeschlossen halte ich das nicht."

„Dann lasst uns die Frauen im Casino suchen. Zum Glück werden wir sie sofort an der Haarfarbe erkennen", jubelte Lilo. Gerade als sie losstürmen wollte, wurde der Vorhang zur Seite geschoben.

# Ein ganz besonderes Metall

Mit einer Waffe in der Hand stand Kantengesicht vor ihr. Er musste alles mitangehört haben. Nachdem ihn sein Chef Jahre lang geknechtet hatte, sah er seine große Stunde nahen, sich die Freiheit und vor allem ein Vermögen zu verschaffen. Ein Blick auf den am Boden liegenden Mann gab ihm Recht. Eigentlich hätte er schon früher draufkommen müssen. Kalvin war Spieler. Er beherrschte Tricks, mit denen er schon ansehnliche Summen ergaunert hatte.

Da die Spielbanken weltweit miteinander in Verbindung standen, trat er mit immer anderen Identitäten, Pässen und Gesichtern auf. Es wäre zu auffällig gewesen, hätte immer derselbe Mann mit demselben Namen gewonnen.

Lancelot erinnerte sich genau, wie Kalvin mit den Schwestern des Bösen in Kontakt getreten war. Er erhoffte sich neue Informationen und Möglichkeiten, noch höhere Gewinne zu machen. Um Geld zu erspielen, war ihm jedes Mittel recht. Zur gleichen Zeit kam das Amulett aus Amsterdam, wo es Kalvin bei einem Juwelier hatte anfertigen lassen. Den Entwurf dazu hatte er von einem Mitarbeiter eines Geheimdienstes gekauft, ebenso die Materialien, die aus der Spionagetechnik stammten. Zweimal war er am Abend weggegangen und erst in den frühen Morgenstunden höchst zufrieden zurückgekehrt. In dieser Zeit musste er das Amulett getestet haben. Sybilla war ihm wahrscheinlich gefolgt und hatte ihn beobachtet. Und genauso unbemerkt hatte sie ihm wohl ein Mittel verabreicht, unter dessen Wirkung er ihr seinen großen Plan anvertraut hatte. Die Schwestern des Bösen machten ihrem Namen alle Ehre.

Doch Kalvins Glückssträhne war endgültig vorbei. Jetzt war Lancelot am Zug. Ihn würde keiner aufhalten können.

„Legen Sie die Waffe weg!“, verlangte Taubner.

Rocky atmete stoßweise und versteckte sich hinter Lieselotte.

Axel und Dominik hatten die Hände erhoben

und den Mund vor Entsetzen geöffnet. Sie wagten kaum zu atmen.

„Was wollen Sie?", redete der Privatdetektiv weiter auf den Mann ein, der zu überlegen schien, was jetzt am besten zu tun wäre.

„Ich nehme eine Geisel mit", erklärte er und deutete mit dem Lauf der Waffe auf Lilo. „Du, du kommst mit mir!"

„Das erlaube ich nicht!" Taubner schob sich vor Lieselotte. „Ich biete mich gerne als Geisel an."

„Nein. Ich will das Mädchen. Sonst kann ich nicht sicher sein."

Lancelot wollte ins Casino und den Frauen das Amulett abnehmen. Oder er überließ es ihnen, den Spielautomaten damit zu manipulieren, und holte sich später den Gewinn. Gedanken rasten durch seinen Kopf. Ihm war ganz schwindlig.

„Komm her!", befahl er Lilo.

Das Superhirn der Bande bewegte sich wie unter Hypnose auf ihn zu.

„Schneller. Wir müssen los."

„Nicht", keuchte Dominik.

„Lassen Sie Lilo, bitte!", flehte Axel.

Lancelot kümmerte sich nicht darum und spuckte einen zerkauten Zahnstocher auf den Boden.

„Keiner rührt sich von hier fort. Niemand alarmiert die Polizei, bis eure Freundin wieder hier ist. Verstanden?“

„Tun Sie dem Mädchen nichts“, sagte der Detektiv eindringlich.

„Sie können mich mitnehmen“, bot Rocky heldenhaft an.

„Keiner braucht dich!“, schleuderte ihm Lancelot höhnisch ins Gesicht. Zu Lilo, die jetzt neben ihm stand, sagte er: „Wir verlassen den Laden wie Onkel und Nichte. Du wirst nett mit mir plaudern und dich dafür bedanken, dass ich dir etwas Schönes gekauft habe. Klar?“

Gehorsam nickte Lilo.

„Dann los!“ Lancelot schubste sie vor sich her, Lieselotte stolperte und griff nach dem Vorhang. Sie krallte sich fest, um nicht zu stürzen. Sofort fasste Kantengesicht nach ihrem Arm und drückte ihn hart. Lilo schwankte, als könne sie sich nicht mehr auf den Beinen halten. Sie prallte gegen Lancelot, der einen Augenblick lang hilflos wirkte. „Du blöde Kuh“, schimpfte er und stieß sie nach vorn in Richtung Ausgang. Mit der freien Hand kratzte er sich am Schenkel, wo er einen Stich gespürt hatte, als hätte ihn ein Insekt gestochen.

Noch einmal drehte er sich zu den anderen um. „Und schön brav warten!“, zischte er. Plötzlich knickten seine Knie gleichzeitig ein. Vergeblich versuchte er, sich abzufangen. Die Waffe fiel aus seiner Hand und landete mit einem metallischen Geräusch auf dem Boden. Lancelot stürzte nach vorn und begrub sie unter sich. Regungslos lag er da.

Taubner und die Jungen konnten zuerst nicht glauben, was sie sahen. Rocky stellte sich auf die Zehenspitzen, um über die Köpfe von Axel und Dominik zu spähen. Durch den Vorhang trat Lieselotte. Ein zufriedenes Lächeln spielte um ihren Mund. Sie hob die Hand, in der sie eine dünne, lange Nadel hielt. Mit dem Finger deutete sie zu dem Regal, an dem sie vorhin gestanden hatte. Dominik machte einen Schritt zur Seite und sah auf einem Brett eine Stoffpuppe liegen, die einen gesichtslosen Menschen darstellte. Der Körper war mit Filzstift in verschiedene Zonen unterteilt. Mehrere Nadeln steckten in der Puppe. Schon allein der Anblick tat weh.

„Eine Voodoopuppe", stellte Dominik fachmännisch fest. Angeblich konnten solche Puppen verhext werden und einen ganz bestimmten Menschen darstellen. Wurde der Puppe dann eine Nadel in den Stoffkörper gesteckt, spürte das Opfer an der gleichen Stelle seines Körpers Schmerzen. Die Nadeln hier waren vergiftet und Lieselotte hatte einfach eine herausgezogen und Lancelot damit in den Oberschenkel gepikst.

Taubner klopfte dem Superhirn der Knickerbocker-Bande anerkennend auf die Schulter.

„Hoffentlich haben wir bald Grund zum Feiern. Ich alarmiere sofort Freunde bei der Polizei. Wir schnappen uns diese Schwestern. Wenn sie nicht auf der Stelle das Gegenmittel herausrücken, dann bekommen sie zu spüren, was es bedeutet, einen Emanuel Taubner bis zur Weißglut zu ärgern."

Mit diesen Worten stürmte er davon.

Rocky Oliver blickte verlegen von einem Knickerbocker zum anderen.

„Ihr seid ja verdammt mutig", stellte er bewundernd fest.

Axel zuckte mit den Schultern. „Ach, wir haben schon Schlimmeres durchgemacht."

Lilo kniete neben der immer noch schlafenden Poppi und hob vorsichtig deren Kopf.

„Durst", hörte sie Poppi leise flüstern.

„Poppi? Bist du wach?" Lilo schrie fast.

„Ja, du brauchst mir aber nicht so ins Ohr zu brüllen."

„Wirkt das Zeug doch nur so kurz?", staunte Lilo.

„Krieg ich Wasser?", beschwerte sich Poppi vorwurfsvoll.

Dominik und Axel stürzten los. Aber nicht, um Wasser zu holen, sondern um die beiden Männer zu fesseln, bei denen die Wirkung des Giftes vielleicht auch schnell nachlassen würde.

Noch immer tobten die Fans. Sechstausend Menschen füllten die Halle bis auf den letzten Platz.

Es waren zwei Tage seit dem schrecklichen Ereignis in der Nachbarstadt vergangen. Rocky Oliver hatte bereits eine geschlagene halbe Stunde Zugaben gegeben und noch immer verlangten seine Fans mehr.

Auf den allerbesten Plätzen, ganz vorn, nahe der Bühne, standen Poppi und Lieselotte. Sie hatten die Arme in der Luft und klatschten begeistert. Axel und Dominik waren höflichkeitshalber mitgekommen, ließen aber keinen Zweifel daran, dass Rocky Olivers Musik nicht ihr Geschmack war.

„Zu weich“, stellte Axel bissig fest.

„Zu sehr Hitparade“, sagte Dominik hochnäsig.

„Zu doof!“, spottete Lilo und tippte den Jungen an die Stirn.

Als Rocky zwanzig Minuten später erschöpft, aber überglücklich die Bühne verließ, tauchte Big Gunther neben der Knickerbocker-Bande auf und lud sie freundlich ein, ihm zu folgen. Hinter der

Bühne, in der Künstlergarderobe, wartete bereits ein völlig verschwitzter Rocky auf sie. Strahlend blickte er ihnen entgegen und wurde von Poppi und Lilo sichtlich bewundert.

Monique stand hinter ihm, die Arme verschränkt, und lächelte zufrieden. Auch Herr Taubner war anwesend, wenngleich er in seiner abgenutzten Jacke nicht zu den anderen passte. Er trat zu den Jungen, um nicht für einen Fan von Rocky gehalten zu werden. Mit einem Blick auf Poppi meinte er: „Es geht ihr wieder gut?"

Axel nickte. „Die Schwestern hatten gelogen. Zum Glück. Es war nur ein Betäubungsmittel."

„Raffinierte Damen“, bemerkte Herr Taubner. „Sie müssen die Leute ganz schön abgezockt haben. Viele haben tatsächlich bezahlt, weil die Schwestern behaupteten, anderen mit bösen Flüchen schaden zu können. Meistens haben sie mit Medikamenten wie Abführmitteln nachgeholfen.“

„Und das Amulett hätte den Spielautomaten tatsächlich beeinflussen können?“, wollte Dominik wissen.

„Ja, hätte es. Die Casinoleitung hat es sofort an sich genommen, da dieses Material eine Gefahr für ihr Geschäft darstellt. Es handelt sich um eine Art Magnet, der nicht nur metallische Gegenstände anzieht, sondern eben auch Strahlungen ablenken kann, wie beim Fernseher. Das Material ruiniert auch Batterien in Sekunden.“

„He, deshalb war mein Handyakku leer“, strahlte Axel, weil er doch nicht so nachlässig gewesen war, wie er geglaubt hatte.

„Das Geheimnis des Amuletts lag in der Kombination des Metalls mit dem Kristall, der die Wirkung des Metalls noch gebündelt hat. Fragt mich nicht nach den Details. Angeblich handelt es sich hierbei um eine streng bewachte Entwicklung und keiner versteht, wie sie aus den Labors des Geheimdienstes gelangen konnte.“

„Geld, Geld, Geld!“ Dominik machte mit den Fingern eine Bewegung, als würde er trockene Blätter zerbröseln.

Bedauernd gab ihm der Detektiv Recht.

„Die beiden feinen Damen werden nicht ungeschoren davonkommen. Der Mann, der von seiner näheren Umgebung Kalvin genannt wird, ist ein gesuchter Casinobetrüger, und sein Helfer mit dem kantigen Gesicht hat vor einigen Jahren an einem Banküberfall teilgenommen, war seither aber untergetaucht.“

„Ein Stich ins Wespennest war das also“, stellte Axel zufrieden fest.

„Kann man so sagen. Obwohl ihr für Detektive etwas zu jung seid.“

Axel grinste. „Ach, wir sind ganz normale Teenager. Sehen Sie doch nur!“

Lilo und Poppi ließen sich gerade T-Shirts und Autogrammkarten von Rocky signieren und strahlten dabei um die Wette.

„Wie war das eigentlich mit euren Eltern? Was sagen sie zu diesem Abenteuer?“, wollte Herr Taubner wissen.

Dominik machte ein verschmitztes Gesicht. „Sie wissen nichts davon. Wir haben es für uns behalten, nachdem es Poppi so schnell wieder gut gegangen ist. Sie waren nur erstaunt, dass wir von Rocky Oliver zu seinem Konzert eingeladen wurden."

Axel deutete auf Lilo. „Ihr Vater denkt, das sei sein Verdienst, weil er Rocky schließlich am Sonntag trainiert hat und dieser so zufrieden war."

Poppi zog einen kleinen blassblauen Stoffhasen aus der Umhängetasche und reichte ihn Rocky.

„Für dich, als Glücksbringer und ganz bestimmt ungefährlich!"

Als der Popstar sie auf die Wange küsste, wurde sie rot bis zu den Haarwurzeln.

„Ich freue mich schon auf deinen nächsten Hit!", platzte Lilo heraus.

Axel und Dominik taten so, als müssten sie heftig gähnen. Sie freuten sich auf etwas anderes: den nächsten Fall der Knickerbocker-Bande. Bestimmt ließ er nicht lange auf sich warten …

# DER KNICKERBOCKER-BANDENTREFF

**Werde Mitglied im Knickerbocker-Detektivclub!**
**Unter** www.knickerbocker-bande.com **kannst du dich als Knickerbocker-Mitglied eintragen lassen. Dort erwarten dich jede Menge coole Tipps, knifflige Rätsel und Tricks für Detektive. Und natürlich erfährst du immer das Neueste über die Knickerbocker-Bande.**

**Hier kannst du gleich mal deinen detektivischen Spürsinn unter Beweis stellen – mit der Detektiv-Masterfrage, diesmal von Dominik:**

## SEHR VEREHRTE FREUNDE,

versteh einer die Frauen! Was finden Lilo und Poppi bloß an der Musik dieses Rocky Oliver. Ich jedenfalls kann diesen Schmusesongs gar nichts abgewinnen und bin nur aus Höflichkeit mit zu dem Konzert gegangen, genau wie Axel. Schließlich haben wir die Karten von dem Popstar geschenkt bekommen, als Dank dafür, dass wir ihm geholfen haben. Das war zugegebenermaßen auch keine ganz ungefährliche Sache.

Ich muss immer wieder daran denken,
wie ich auf diesem schmalen Steg herumbalanciert bin,
der vom Speicher der Schrolls auf das Dach führt.
Nie wieder werde ich einen Fuß darauf setzen,
das steht fest. Jetzt aber endlich die Frage für dich:
Wie heißt der Besitzer des Fitnessclubs,
in dem Lilos Vater arbeitet?

Die Lösung gibt's im Internet unter
**www.knickerbocker-bande.com**
*Achtung:* Für den Zutritt brauchst du einen Code.
Er ergibt sich aus der Antwort auf folgende Frage:

Welcher Stein galt bei den alten Ägyptern
als Glücksbringer und Schutzsymbol?

| **Code** | |
|---|---|
| **47241** | Türkis |
| **47421** | Lavastein |
| **47124** | Skarabäus |

Und so funktioniert's:
Gib jetzt den richtigen Antwortcode auf der Webseite
unter **MASTERFRAGE** und dem zugehörigen Buchtitel ein!

Tschau, man sieht sich
dein

Dominik

## HALLO THOMAS!

**Wolltest du schon immer Schriftsteller werden?**
Zuerst wollte ich Tierarzt werden, aber ich habe beim Studium schnell erkannt, dass das kein Beruf für mich ist. Geschichten habe ich mir immer schon gerne ausgedacht und geschrieben habe ich auch gerne. Allerdings nicht in der Schule, denn meine Deutschlehrer waren immer nur auf Fehlerjagd. Geschrieben habe ich mehr für mich und durch viele Zufälle ist aus dem Hobby ein Beruf geworden.

**Wie lange brauchst du für ein Buch?**
Ganz unterschiedlich. An guten Tagen schaffe ich etwa 20 Buchseiten. Es gibt auch Tage, an denen ich nur wenig schaffe. Trotzdem setze ich mich immer hin. Ich höre übrigens immer mitten im Satz zu schreiben auf. Am nächsten Tag fällt das Anfangen dann viel leichter.

**Erfindest du alles, was in deinen Büchern steht oder recherchierst du viel?**
Natürlich recherchiere ich, wenn es das Thema verlangt. Sehr gründlich. Das ist auch wichtig für mich, weil ich mich sonst beim Schreiben nicht sicher fühle. Zum Recherchieren bin ich schon U-Boot gefahren, durfte einmal als Flugschüler ein kleines Flugzeug steuern, habe einen Sturzflug miterlebt, Tierpfleger bei der Arbeit begleitet, lange

Gespräche mit Tierschützern geführt und viele Städte und Länder bereist. Die Geschichten selber entstehen natürlich in meiner Fantasie.

**Woher nimmst du eigentlich deine Ideen?**
Hm, das ist mir selbst ein Rätsel. Sie kommen ganz einfach. Ich ziehe Ideen an wie ein Magnet ... Ich halte Augen und Ohren weit offen und fange sie auf diese Weise ein. In meinem Kopf reifen sie dann. Manche ein paar Wochen, andere ein paar Jahre. Von 1000 Ideen setze ich aber nur vielleicht 30 um. Ich sammle ständig und überall. Oft genügt ein winziger Anstoß und auf einmal wächst daraus die Geschichte.

**Entstehen deine Geschichten erst beim Schreiben am Computer oder hast du sie schon vorher ganz genau in deinem Kopf?**
Mehr als zwei Drittel sind fertig, wenn ich mich zum Schreiben hinsetze. Ich notiere jede Idee in einen Mini-Computer, den ich immer dabeihabe, aber nur aus einigen werden dann Geschichten. Manchmal braucht das „Wachsen“ ein paar Wochen, manchmal ein paar Jahre.

**Was ist das für ein Gefühl, wenn man so bekannt ist?**
Ich finde es toll, wenn ich Briefe und E-Mails von Lesern bekomme, die mir erzählen, wie viel Spaß und Spannung sie beim Lesen hatten. Das ist für mich ein wunderbares Gefühl. Schließlich schreibe ich nicht, um bekannt zu sein, sondern weil es für mich die tollste Sache der Welt ist.

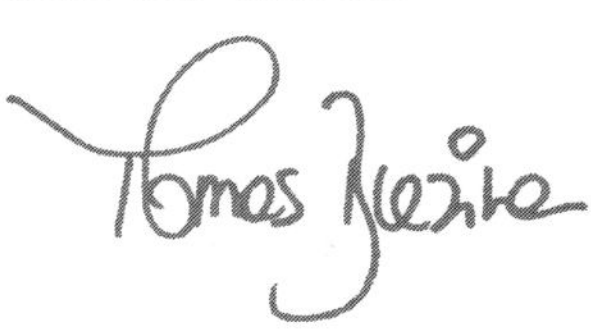